AF295035

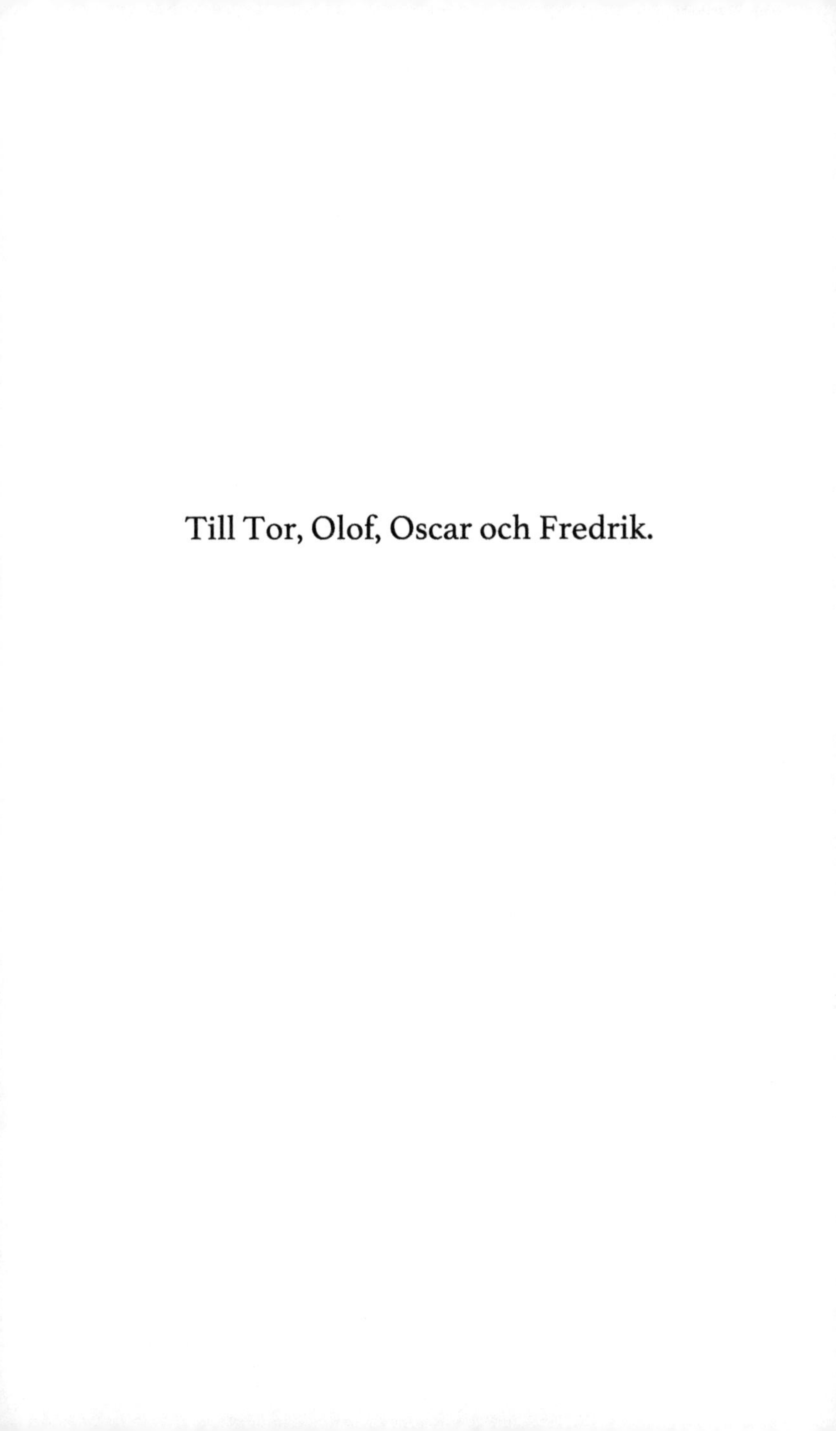

Till Tor, Olof, Oscar och Fredrik.

FSC
www.fsc.org
MIX
Papper från
ansvarsfulla källor
Paper from
responsible sources
FSC® C105338

Tankar om färgen grön

Victor Sköld

Förlag: BoD – Books on Demand, Stockholm, Sverige

Tryck: BoD – Books on Demand, Norderstedt, Tyskland

ISBN: 978-91-7969-118-9

"Don't walk behind me, I may not lead.
Don't walk in front of me, I may not follow.
Just walk beside me and be my friend."

- Albert Camus

Förord

I ett känslospektrum kan känslorna sväva fritt eller vara greppbara till den punkt att handen gör ont när den greppar efter nästa stimuli. Vrede eller glädje kan förenas i passion utöver det vanliga. Sorg och lycka blir till melankoli eller till nostalgins yttersta kanter av ett universum som inte verkar ta slut. I känslor kan ögat leta efter punkter att lugna eller lyfta upp resterande del av kroppen med. I detta sökande efter svar, förmedlas olika känslor i olika objekt. Varav dessa skilda objekt kan kläs i nyanser med budskap utan gränser. Ögats jakt blir till sökande efter svar, som i sin tur blir till självupplevda sanningar. I känslornas budskap vill färger säga sitt, och resultatet blir en resa med oändliga idéer om ett finare liv.

Färger har alla sina egna egenskaper och förmedlar olika känslor till olika personer. I ett förflutet av sociala stormar och vilsna idéer om vad livet kan bli, har en färg varit närmast ett inre. Den har varit nyansen på den första cykeln, valet av ballongen på snabbmatskedjan i unga år, favorittröjan som följt med genom decennier. Som en lugnande vän har den följt med ögats önskan om svar, och vid tidpunkter av vilsna tankar, har den vaggat in kroppen i ett tillfredsställande stadie. In i en oas utan bekymmer. Färgen har även alltid väckt påminnelser om livets sämre sidor. De som ingen egentligen vill prata om. Allt det som läggs åt sidan och förmedlas via en annan kanal. Ögat finner denna färg först av alla. Och på grund av dess närvaro är den en nära vän. Oavsett nyans.

Färgen i fråga är grön. En färg som upptäcks kvickast av det mänskliga ögat, en färg med egenskaper som få kommer nära. Dess olika nyanser väcker olika egenskaper och är en av konstens hjälpredor att förmedla specifika känslor. I denna bok kommer färgen gröns flera egenskaper förmedlas genom texter från det egna livet. Men även genom fantasins alla hörn som under processens gång, precis som nyanserna av färgen, verkat vara utan gräns. Boken är även en hyllning till att finna sig själv efter att ha upplevts leva på den känslomässiga botten. Utdrag ur en pånyttfödelse från ett uppbrott är den slutgiltiga historien som lägger detsamma till handlingarna. Livet blev bättre, det blev finare, men det blev också på ett sätt tomt. Hoppas att boken kommer att ge er den kraft som den gav en själv.

Victor Sköld, Jönköping 2021.

En kopp för lite

Keramiken omger kaffet som försöker rymma från koppen i långsam takt. Den låga temperaturen inne i caféet får kaffet att sakta förångas upp mot ventilationstrummorna placerade tre meter ovanför huvudet. Koppen har inte rört sig från sin ursprungsposition sedan den serverades. Mot bordet har en ring av spillt kaffe slingrat sig runt den cirkulära formen. Mot den mörkblå nyansen gör den bruna färgen sig bra. En trivsam bild för ögat. Röken stiger fortsatt mot ventilationstrumman närmast huvudet, den samspelar med bastrumman i musiken som samtidigt spelas ur högtalare ovanför kassan. Trummorna och gitarrsträngarna ljuder tydligt ut i lokalen men koppen står kvar. Ett solo påbörjas i nästkommande låt och eskalerar när en symfoni av instrument möter upp i det första, modiga, musikstycket. En stämma tar ton och är snart ensam kvar i allting som tidigare kommit ur högtalaren. Rösten tvekar inte. Caféets kyliga temperatur höjs en aning vid de högre tonartshöjningarna och värmer personerna i samma lokal. Ventilationstrumman tvekar en stund kring att agera förstärkare, vilket den inte gjorde när symfoni ansågs äga rummet. Stämman sjunger på ett främmande språk, liknar portugisiskans tydliga bas. Grammatiken är oförståelig, men känslan förmedlas. Trummorna återvänder, även gitarren kommer sakta tillbaka. På bordet står koppen kvar, som en publik musiken önskat men inte vågat bjuda in. Det spillda kaffet ser ut att vara betydligt mindre i sin mängd, verkar ha letat sig in under keramiken. Mot bordets trä och under den mörkblå nyansen trivs den nu ljumma vätskan. En ny låt spelas. Koppen talar till hela kroppen, men får inte ett egentligt svar. Det är okej. Den nya låten säger tillräckligt. Ackorden sker med säkerhet, tillskillnad från den egna själen. Ett A i relation till G7. Trivsamma toner. Rösten återvänder med sina oförståeliga ord. Koppen lämnar bordet tveksamt, men handen vet vad den vill. Kaffet är ljummet, på gränsen till kallt.

En oktoberdag när jag bokstavligen skrek ut min sorg över Mälarens oskyldiga yta, när allting föll och mina ben enbart bar mig när de var tvungna. Allt blev bra, men när mina slitna stämband ropade ut allting ont över vattnet, fanns ingenting annat att önska än stranden där du vilade i mina armar och våra andetag dansade med varandra.

Äventyr

Ta handen och följ med. Vartåt det bär spelar ingen roll, vägarna leder rätt om de vill. I längtan bor stegen som en trygg vän och i ögonen bor elden som den eldstad som aldrig byggdes. Väskan är halvt packad i en överfylld hall. Sängen är täckt med plagg som inte setts sedan sommaren senast tog farväl och ljuset vinkade adjö. Väggarna hjälper solen att skina upp hallens blanka trägolv. Väskan fylls på sakta men säkert. Var ska platsen finnas innanför tygväggarna för en oändlig resa? Ta handen och följ med. Vägarna leder rätt. Om du vill. En mössa slängs ner i väskan utan anledning eller fantasi. En huvtröja täcker snart väskans sista tyg. Hallens golv blir synligare när allting flyttat ner i en väska. Tyngre vikt. Det öppna fönstret släpper in en oändlig värld. En farlig värld utöver möjligheterna, men i möjligheten bor i en osäker värld där ingenting kan växa. Säkerheten har blivit en fiende, någonting nytt bör ske. Bilar adderar ljud till vindens pustar som trotsar fönsterkarmar och letar sig in. Ljuden, de lekande barnen på innergårdens förskola, flyttfåglarna, motorer, studsar mot en väska som nu inte tillåter utsvävningar. En stum yta med få ord att uttrycka. Musiken från grannen mittemot förklarar det som vinden inte kan säga med sin enkelhet. De enkla pustarna räcker inte till. Musiken får fåglarna, barnen, bilarna och allt däremellan att skapa en ljudbild som passar ambitioner. Världen är farlig, men där bor även det vackra. Tillåter ibland smärtan att tystna. Hallens golv tillåter skosulor att skapa melodier med sina gummiverktyg. Väskan lyfts upp, ryggen kröker sig. Men tar handen som räckts ut. Andas. In kommer det som är farligt och som gör ont. In kommer det som är vackert och skapar glädje. Ut går hoppet och sprider sig som ett tyngdtäcke. Vägarna leder rätt, om de tillåts.

En parkbänk i min favoritstad, Freiburg. Skrev och försökte samtidigt förstå vad fåglarna sjöng om, de glada melodierna flög över himlen. Det var som om ingen berättat för dem att du lämnat.

Analys

Oroande känsla som uppstod ur tomma intet efteråt.
Den klara himlen tillät en blixt studsa mot huvudet,
ner i backen och tillbaka till dit den hörde hemma.
Dånet efteråt, ett hemskt sådant, men en frihet.
Omständigheter spelade ut sig själva och föll på knä.
Bad om att bli en rentvådd känsla, men den oroande
känslan dröjde sig kvar. Fotstegen eskalerade bakom
skynket, rött och ståtligt. Röster förde dialoger som
var beredda på att bli förstådda, men tiden var
knapp. Säten fördes från deras fränder i form av
ryggstöd. Kort farväl var tredje sekund. Publiken på
samma sida skynket, det röda, samtalade om
förväntningar. Minuter passerade och gick att räkna
utan ansträngning. Timglas ville inte närvara,
spänning för stor, tankar för många. Applåder
efteråt var nog med kritik. En lyckad sänkning av
ridån. Rött skynke skyddade kroppen och
applåderna avtog men hördes som tydligast innan
de fick den sista vilan. Oroande känsla höll sig
tillbaka när glasen skramlade mellan varandras
hinnor. Bubblande dryck fick ljuden att dämpas.

Någon gick in i en bastrumma och oväsendet fick
hurrarop att fylla rummet. Skynket var nu stilla och
det röda tyget påminde om de stora haven som
korsats för att komma hit, till den värld som önskats.
En värld som var hemma och samtidigt borta. En
dans som tar ett liv att lära sig, ett liv att lära ut.
Blixten slog ner igen. Den kände sig inte tillfreds där
den ansågs höra hemma.

*Har alltid älskat för mycket. Ni vet när hjärtat vill mer
än vad den som blir älskad kan hantera. Så jag går
ibland till det förflutna och minns tider när det ändå var
bra och min kärlek dög. I framtiden bor en del av den
kärlek som fick leva i det förflutna. Och det lilla hoppet
får mig att fortsätta hoppas, att fortsätta älska.*

Framåt

Trampar i en startgrop som blir djupare och djupare, nästan som en krater. Ingen explosion eller utbrott kommer dock att ske. Fötterna trampar kvar på stället och knälederna rör sig men inte i riktningar. Ryggen är krökt och bröstkorgen liknar mer en skål än det forna och ståtliga templet som fanns innan framfarter av själar utan samvete. Ögonen söker det som inte går att greppa. Ögonvitorna är rosa, inte av rusmedel, snarare av en trötthet som vägrar lämna sinnets trädgård. Fötterna fortsätter trampa på stället tills det att balansen försvinner bort som en fotboll vid kvarterets bollplan. Knäleder böjs och ryggen möter backen. Grusets små korn agerar spikmatta mot den nakna huden. En beröringssensation möts av hanterbar smärta. En hand som vill väl, med lömska intentioner. Armarna fanns ingenstans att finna vid fallet och handlederna tackar för frånvaron av initiativ. Kroppen vilar mot en argsint armada av småsten. Huden präglas av närvaron men tröttnar snart. Armarna känner av blodets framfart och handlederna följer med som på kommando. Ögonen har för stunden skyddats av tunga ögonlock, nu når dagens ljus samma rosa ögonvitor. Ögonlocken stannar uppe när armarna för överkroppen upp mot högre nivåer. Samtidigt återtar benen balansen och kraften att stabilisera en midja som vilat tillräckligt. Smågruset faller sporadiskt ur sina gropar i huden när bröstkorgen återfår en form som den längtat efter. Svek och smärta lämnar gropen i bröstkorgen. Ett sista fall av självvald karaktär. Fötterna trampar på stället tills ett första steg tas.

Dagarna blev ljusare och i slutändan kunde jag andas igen. Men vägen dit var mörk, ensam och otröstlig. Sysselsatte ett sårat hjärta, skrev en bok om min kärlek till dig och hur den saknade att omfamna din närhet. Sen en dag, när jag skrev om min framtid och hur fin den skulle bli, tänkte jag åter på dig och ville berätta om allting. Men hjärtat har glömt ditt nummer och minns inte längre din röst.

Ren

Trädtoppen undviks och grannarna som inväntade kollision suckar av lättnad. Solen skiner bakom molnen som agerar duntäcke. Granarna svajar minimalt i vinden som tilltar när solen inte närvarar. Fåglarna återvänder men har ingen plan var de är på väg genom ett objektivt öga. Kvitter blandas med vinden, granarna fortsätter stå stadigt trots att de väldiga träden frestas av de rörelserna som de små buskarna intill skapar medryckande. Dessa marker har inte hört mänskliga stämmor på årtionden, inte ens passerande flygplan längs den ljusblå himlen får skogen att tro på mänskliga instinkter. En räv kommer springandes och stannar till vid en av granarnas stammar. Urinerar kvickt på en buske, kliar sig bakom örat och fortsätter sedan vidare. Ett skratt av djurkaraktär hörs när samma räv passerat en kulle och försvunnit bort. Efter ett par minuter dyker en älg upp. Släppandes bakom älgkons praktfulla skepnad, följer kalven. Fågeltäcket flyger in mot trädtopparna igen. I fartfyllda rörelser beger flocken sig ner mot kalven. Älgkon ser vad som är på

väg att ske. Hon rusar kvickt mot sin avkomma,
beredd att försvara. Fåglarna ropar och hejar, högre
för varje meter som de kommer närmare. Störtandes
mot kalven, tar det till sist stopp. Trädtopparna
sluter sig som ett skal och skänker ett mörker över
älgkon och sin skatt. I mörkret hörs fåglarnas
besvikna läten. Älgkon tittar samtidigt upp,
tacksamt, mot granarnas barr. Hon vet vad som
skett, det har hänt henne förr. Den orörda jorden
skyddar och värnar. Fåglarna försvinner bort en
sista gång och skogen släpper tillbaka ljuset mot
älgarna. I tystnad står de kvar och tackar tyst gång
efter annan. Kalven känner en stank. Vid busken för
den sin nos mot bladen. Ryggar tillbaka och fnyser.
Tar fart och släpar inte längre benen efter sig. Räven
kan vara nära. Solen hittar fram genom duntäcket
och älgkon tar för första gången rygg på sin kalv.

*I dagdrömmarna fanns alltid en tröst i sorgen.
Hjärtekross är aldrig enkel, och när texter skrevs befann
jag mig på en strand på en ö i Asien med ett brustet
sinne. Tänkte på om du tänkte på mig. I alla tankar
övertygade jag hjärtat att du gjorde det, även fast livet
gick vidare redan vid vårt avslut.*

Lojal

En gång i tiden. En närvaro utan tecken på frånvaro. Den hand som aldrig svek, den hand som valde och valde. Stämma som en följeslagare utan verklig punkt. Nära även när den var borta. Fingrar som tillhörde handen som aldrig svek. Lekande lätt på en ryggtavla som känt flera hjärtexplosioner, rygg som önskade närhet men var för skygg för att fråga. Fingertoppar promenerade nattetid på en blek skuldra. Morgonens skygga strålar urskilde födelsemärken och dessa blev etapperna som skapade en rundvandring kring den älskades skepnad. Stämman skapade en promenad över ryggen som fick även den mest vilsna själen att till sist hitta hem. Huvudet vilade på en kudde fylld av syntetiska fjädrar. Syntetiska men ändå nära. Handen svek aldrig och sensationen av beröringar sände ut signaler tillräckliga för ett helt liv. Oavsett natt, dag eller morgon. Löften från stämman klingade aldrig någonsin falska, de fanns kvar som kärlekens egna budord. Löften sviker inte om de är sanna och uttrycks ur det genuinas centrum. En gång i tiden, när människor stannade kvar och reparerade det som behöver lagas, fanns handen intill och lovade underverk. För handen var detta en självklarhet. En trogen soldat blev dess existens utan minsta ögonblick av desertörlusta. Stämman var en overklig punkt. Diffus och utan ett närvarande ansikte. Tonerna från densamma, i symbios med de promenerande fingertopparna, gav hopp om ett vackert liv. Ett liv utan egentliga bekymmer. Ett liv fyllt av de möjligheter som ansågs förlorade. Handen fanns en gång i tiden. Undrar var den gick under promenaden mellan födelsemärken. Ingen vet riktigt. Den lämnade inga brev.

När kärlek försvinner ur ett liv, bra eller dålig, lever den kvar i form av vanor, tankar och idéer. Omställningen kring att inte längre laga mat eller ha en människa att komma hem till, slog hårt. Att inte vakna upp och önska god morgon och förklara sin kärlek till personen bredvid. Att inte längre gömma lappar med personliga dikter i lunchlådor. Dessa vanor tog lång tid på sig att dö ut, så när du en gång frågade om du fattades kunde jag inte ljuga.

Ärlig

Skör men stark. Hybris men ödmjuk. Nedtrampad och med en önskan om att äntligen, till sist, kanske få andas utan hån och missnöje. Att vara konstnärligt inriktad, leva på ett vis som motsäger trenden. Motsäger det slentrianmässiga, det ordinära. Hybris var det, ja. Glädjen att göra det som krävs, göra det som underlättar en själ som valt att gå i linje med det som inte fungerar. Skapar och skapar till en gräns att ljuset når livet. En ny horisont med oceanerna som aldrig sågs innan. En färgsprakande tillvaro utan mönster färdiga att fylla, linjer beredda att fylla. Svart färg möter en annan nyans och möter en yta med önskan om att bli färgad av nytt. Handleder rör sig på nya vis, en armbåge, rak linje, slingrig hals. Koncentration. Någonstans fanns inte tiden att förbli fången som valde utefter stereotyper. Som blev en produkt av pengarna som inte önskades. Varje sekund blev till oönskade minuter, feberfyllda timmar. En sömnlös natt efter en annan. Kärlekar som innehöll ord om tillit, avsked som innehöll ett löfte om permanent ensamhet. Kvar blev en tomhet som trots allt gick att fylla. Personen i en själv svarade upp till ett löfte. Personen svarade att vägen var rak med enstaka kurvor. Men enbart om rätt tanke gick i linje. Om den gick intill. Hörseln bedövades ej längre av de inslagna linjerna som ett samhälle erbjöd. Mullret och bullret byttes långsamt ut till serenader för en själv. Blev sång utan text. Svek utan besvikelse. Ett sätt att finna framgång i en förlorad dröm. Bakom ryggen blev kärlek, ensamhet, svikande ambitioner och grumlig horisont kvar. I ögonhöjd fanns och finns världen. En ny sådan.

Bussen fick mina axlar att gunga i takt med musiken. Färdades i hastigheter vid gränsen till den tillåtna. Strax framme i Heidelberg och tankarna spelades upp som melodierna i mina öron. Gick inte att slita känslorna från hur de investerades i någonting som verkade vara min framtid. När busschauffören svängde av mot staden och resenärer förberedde avstigning, fortsatte jag skriva i mitt mörka block. Skrev text av ren instinkt. Som ett hopp till den kärlek som inte fick leva med dig.

Fri

Faller utan tecken på ett stopp. Hör lufttryck falla
och hur en kropp ger upp. En sele håller fast en lina
intill kroppen. Annars är livet en skör flamma som
kan släckas i den mindre dalen. Benen känner ingen
mark och huvudet är i ett okontrollerbart tillstånd.
Desorientering. Röster ropar och hejar i fallet från
platån intill, bortom sinnets greppbara förmåga.
Kanske blir detta en sista insats i ett våghalsigt
förhållningssätt. Ett klent förhållande till livet. Om
detta är det sista som sker, blev det trots smärtor och
krämpor en fin stund. Marken närmar sig utan att
tveka det minsta. Dalens buskar, träd, plättar av gräs
väntar. Linan hänger efter kroppen som en tafatt
bundsförvant. Inget motstånd, bara ett sällskap.
Solen stramar blodets tillgång till ben och armar.
Vinden piskar hörselgångar och luftens tryck
förändras igen och igen. Människor och stämmor
försvinner bort mot himlen, snart är det enbart
kroppen och dalen som samtalar ensamma.
Tveksamma närmanden, som en första dejt.
Hastighet med adress Gravitationen. Linan förlängs,

selens tyg stramar till än mer. Hörseln och kroppen hittar en gemensam punkt, kan till sist orientera sig i sin vertikala position. Halsen vibrerar och ut flyger ljudet av rädsla, adrenalin, stolthet och nyskapade minnen. Dalen fylls av glada tillrop, svordomar och engelska vokaler. Linan är fullkomligt utspänd. Blodet är fast som en bilkö i rusningstrafik kring höftbenet. Kroppen svingas mellan trädtopparnas högsta punkter när himlen kommer närmare. Fallet är över och tankarna flyger lika fritt som fåglarna. Detta var en ny känsla, en sensation bortom vardagen. Bortom den inlåsta kärnan.

*Sökte länge efter en tillvaro av kärlek och omtanke.
Kände mig aldrig mer hemma än i min stad, Berlin.
Sökte mig ditåt i flera år och var på branten att
återvända ännu en gång. Strävan mot staden var
bedövningen mot smärtan i en outtröttlig själ. Sen dök
du upp och fick hjärtat att söka ett hem där det var
greppbart och äkta. Så när du försvann, berättade jag
för flyttfåglarna om hur du var mitt hem en stund
under det som är våra korta liv.*

Färsk

Saften rinner nerför vaderna vid strandhusets terrass. Solen har värnat om huden, om sinnet i snart två veckor. Hettan tar nästan över förståndet. Argument är nära, undviks. Terrassen gränsar till sanden som värms upp tills det är mer logiskt att bli kvar på terrassen i en stekande stråle jämfört med skållade fötter. Häller upp fruktsaft i två glas. Den droppar från kondensen på glashinnan som omger den ljusa nyansen. Isbitarna lever inte länge till. De drunknar i sötman och i solen. Vatten och saft blandas. Ner på låren. Där bildas små pölar. De gula badbyxorna mörknar. Saften letar sig ner till stolens säte, trots den lilla mängden vätska. Kylan får benen att vibrera. Kontrasten mellan värme och is är tydlig. Droppe efter droppe söker sig vidare i en pilgrimsfärd. Vaderna får sällskap. Dropparna formar oregelbundna linjer, fyllda av molekyler som försvann. Sinnet välkomnar sensationen som en kärlek där den bortkastade önskas tillbaka, men aldrig igen kommer tillbaka. Terrassens bord vinglar och påminner om ett fyllo vid en av hemstadens

mötesplatser. En citron landar från trädet intill.
Trädet är varken stort eller högt. Det växer ut från
höjden vid terrassen och ger skugga från de värsta
strålarna. Citronen rullar innan den får fäste på
bordet. Grenen, som agerat hem i flera veckor, är nu
naket förutom förstadier till nya citroner. Enbart ett
par blad gör de unga citronerna sällskap. Citronen
skärs upp på mitten, kärnorna plockas bort en efter
en. Saften pressas ut i glasen. En del av saften träffar
vaderna under bordet. Ner färdas den mot
terrassens golv.

"Saga utan sommar". Skrev hundra texter till dig, för att förklara min kärlek, min passion för dig och min tacksamhet att du dök upp. La min hand i din en mörk decemberkväll tillsammans med ett exemplar av din egen samling texter och en nyckel till mitt hem. Nyckeln var så mycket mer än nyckeln till min oas, det var även nyckeln till mitt hjärta som väntat på dig. Bläddrade igenom din diktsamling idag, nästan fyra år efteråt, och hittade samma texter, hur oasen fick leva. Samma rum är nu orört sedan du försvann, i väntan på en ny person som får makten att ströva fritt i rummet där mina känslor bor.

Vänlig

Storstadens siluetter rusar förbi utan pardon. Skugga efter skugga. En historia bakom varenda grå skepnad. En historia bakom varje färgglad motsvarighet. Husen flyger förbi, men tillåter sig bli mål för funderingar och beslut. Vagnen är tyst förutom ett par samtal längre bort i den genomgående öppna vagnen. Axlarna rycker till i samklang med vagnens kurvtagningar. En favoritstadsdel passeras förbi utan att den värmer på det vis som sig bör. Grannkvarteren introduceras och berör mer än innan. Kanske är det den tydligare stämman kring den egna identiteten som ger ett lugn. Inte samma stress som tidigare. Ett nytt själsligt lugn. Beslutet är fattat och snart är inte längre gatorna i staden samma gator som agerar stöd, vars himmel är vardagarnas skyddande tak. Ett farväl ska ta sin början. Men vagnens kurvtagningar tillåter inte sorgen att ännu agera kung eller drottning. Axlarna åker åt varsitt håll samtidigt, en fysisk omöjlighet, men nu en sanning. Hållplats ropas ut som känts till i flera veckor, en vän som funnits till men aldrig hejats på. Men trots detta binder den samman förhoppningar med drömmar. Ambition med dröm blir till verklighet. En lyx som inte använts, och nu är allting försent. Destinationen behöver inte bestämmas eller erkännas. Linjer snurrar runt i ett rutnät fram till midnatt och därefter. Dörren stänger igen och vagnen är plötsligt rikare på människor. Obekanta men ändå nära. Samtalen är närmare. Orden bildar intressanta ämnen och öronen hjälper ögonen att drömma igen. En person med glödande ögon frågar om platsen intill är ledig. Den egna handen visar främlingen att platsen är dennes om det är önskan. Två leenden möter varandra och siluetterna som passerar förbi är bekanta. En lyx som nyttjas.

*När vi blev ett minne och en framtid försvann i mörker,
tog smärtan i bröstet över och jag kunde räkna sömnlösa
nätter på två händer. Gjorde allt för att komma bort
från oss, från att behöva sluta älska någon. Varje gång
dammsugaren eller dammvippan sökte igenom min
lägenhet fanns spår av oss kvar. För varje hårstrå, varje
sminkrest eller spår av nagellack på möbler gick jag itu.
Fortsatte till den dagen när jag till sist fick nog,
sittandes på parkettgolvet med tårar rinnandes ner mot
detsamma. "Nu får hon bo i hjärtat, och det är okej, det
är verkligen okej. Du har plats för henne där i".
Meningarna studsade mot de vita väggarna och ut
genom den franska balkongen. Du får bo i mitt hjärta,
det är stort nog.*

Generös

Taxi i soluppgången. Två nya röster, lika till det yttre, olika till sätt. Genom en gemensam stad, tillsammans som om det alltid varit en självklarhet. Ett samtal i lägre ljudnivå om musik. Chauffören har säkerligen haft en lång kväll och natt. Albumreferens som flyger över huvudet men ändå bekant. Staden sover i en uppvärmd natt. Morgonen knackar på dörren men ekot når ännu inte in i rummet som är den oändliga sommaren. En cyklist tar följe efter ett rödljus och en av rösterna ljuder högre än samtalstonen. Cykeln håller jämn takt i nerförsbacken vid centrums nöjespark. Taxin accelererar och sedan är cykelram och gummidäck ett minne blott. Glömda som en kärlek som försvann. Hemmakvarteren närmar sig vilket alltid är en känsla av upprymdhet. Ett vuxenliv tog sin början på dessa gator, även om livet troddes vara vid sin absoluta topp. Album nämns på nytt och radion spelar musiken från nyfunnen väns mobiltelefon. Tonerna fyller kupén, en av vännerna klappar i takt på sitt knä till musiken. Nickar med i trummor, stämning och fröjd över livet. Taxin verkar ta omvägar trots en fast taxa. Som om kvällen är dyrbar och inte får ta slut. Skatt inte redo att spilla på fel tillfälle, på fel person. Omvägen är inte lång, tillåter dock sällskapet att växa än mer i det som varit en lång dag. Ensamhet utan greppbart slut tog slut i och med två nya röster. Den egna gatan nås i slutändan men känns som en början. Slutet är mynningen av en period som blir mer. Pengar kan inte göra dessa gåvor rättvisa. Tillvaro omvandlad till guld. Två nya stämmor redo att ge liv till den lögn som skapades ur en ensamhet. Nu en bättre sanning.

Kinderna har nog aldrig kylts ner som de gjorde vid Halmstads centralstation den septemberkvällen. Tårarna låg som en hinna över huden. Det var tydligt hur sommaren tagit farväl och hösten tagit över. I mitt bröst dunkade pulsen högt, öronen var även de nerkylda och mörkret spred sig över himlen där jag satt och inväntade tåget. Vi hade precis sagt hej då för sista gången. Ett par dagar innan hade en buss tagit mig från vår gamla till din nya stad. Min längtan efter oss, efter din röst och dina armar åt upp mig. Köpte med mig inflyttningspresenter och kunde inte bärga mig. Min kärlek, så långt borta, alldeles för långt. Visste så mycket om kärlek. Hur den fick mig att drömma igen, hur den fick mig att leva för en annan, hur den gav styrka även i de djupaste dalarna. Men vad jag inte visste var att kärlek ibland betyder avslut, hjärtekross. Lärde mig det innan tåget rullade ifrån Halmstads centralstation. Där vid perrongen blev hjärtat kvar i flera månader.

Lycka

Utforskar linjer i handflator. Nagelbanden ligger
uttänkta i handens värme. Hårda valkar där
fingrarna böjer sig. När de berörs av en egen hand,
klämmer handen som tillhör en ny värld åt. Reflex.
Armarna ringlar sig runt varandra som en
paraplyaralia som tillåts vara fram till att rötterna
står starka, ensamma. En haka vilar mot en axel.
Den hör hemma där, en viloplats har alltid
reserverats. Framför fyra ögon syns Atlanten och ber
inte om ursäkt för sin skönhet. Valkar berörs
fortfarande, handen klämmer åt och förs upp mot
läpparna som tillhör en ny värld. Knutna händer
stannar vid läpparna och ges kärlek. En kyss mot en
annans läppar. Atlanten nedanför höjden tronar
fortsatt och ler mot nyfunnen glädje, solen sjunger
med genom att skina på oceanens spegelblanka yta.
Gatuförsäljare passerar med stråhattar och sjalar.
Ler mot paret, halvgenuint, halvt för att sälja sina
varor. Ett vänligt nekande från den nya världen
beståendes av två. Hakan vilar snart igen mot axeln.
Där abonnerar den på platsen som alltid tillhört

densamma. Långt innan första vilan. Ett högt gräs på slätten nedanför. Svajar i vinden från Atlanten. Serenaden höjer sin tonart. Fötterna gungar. Ögonen släpper strålarnas bländande ljus och observerar den dans som ekar i naturens tecken. En stad som visar att den nya världen inte slutar i två händer, i de korsade armarna. Någon gång tar stunder slut. Ingenting varar så länge som det önskas. En stund vid oceaner kommer och går. Nagelbanden finner linjerna i handflator igen. Samtidigt som en båt skär igenom skönheten som inte ber om ursäkt för sig.

Behovet att älska någon är och förblir min största passion. Utan en annan att värna om, att hämta inspiration från, att delge hemligheter till och känna närvaron från blir livet tomheten själv. Känslan av att sakna en del av hjärtat lindras när jag målar min framtida kärlek med hjälp av ord och poesi, på det sättet ser jag en siluett av dig. Du som jag inte känner, som jag inte älskar, ännu.

Harmoni

Gömställen där en andning får hämtas, en plats dit en vandrande skuggar avvaktar. Trots sin övergripande makt och kraft över platser. I ett gömställe kan ingenting riktigt nå in. Eller ut. Där är väggarna högre än murarna vid Trojas utkanter, de är tjockare än vad världen skådat. Ogenomträngliga oavsett påfrestningar från de självupplevda styrkorna utanför. Hejarop hörs och vet om att de noteras. Men murarna till gömstället dränker majoriteten av oljuden. På väggen hänger en bandspelare med ett band. Kassettbandet är en annan värld och tillåter drömmen att bli sann. Innanför väggarna, det vill säga. Ett glas står ensamt på bordet i mitten av gömstället. Vid ett av hörnen i gömman i gömman. Ett litet skåp med kakor och burkar med favoritläsken. Ingen vet att skåpet i hemmet ibland töms på godsaker. Det noteras av föräldrar i ett hem med flera syskon som alla suktar efter socker. Men det tillåts försvinna, till gömstället får det mesta skickas. En blandning av hallongrottor, ballerina och mandelkubb. Kubben är redan öppnad och blir även denna stunds självklara val. Två bitar läggs varsamt fram ur den prassliga påsen som skyddat sockret från miljön utanför. Glaset på bordet fylls till bristningsgränsen där ytspänningen härskar. En blå nyans skär av glaset och bubblar hektiskt när syret brottas inuti. Fötterna och benen hamnar i kors under bordet när kroppen tar plats. Kubben är seg och läsken lättar på motståndet när allting blandas i en girig mun. Hejaropen hörs inte lika högt. De kanske gick hem som de brukar. Gömställets murar gjorde sitt och allting blir åter stilla för en stund.

Mina ögon har ständigt sökt efter det goda i människor och när jag väljer att älska en person är min blick och passion alltid tillägnad kärleken. Men att älska är riskfyllt, för när den dör ut, står jag kvar med saknade delar av mig själv. Delarna ges bort, och efter lång tid kan jag äntligen se det vackra igen, när breven till mig själv påminner om att hjärtat åter har läkt. Blivit helt igen efter ännu ett förfall kring den jag valt att älska.

Frisk

Gräsmattan utanför en barndomsoas är våt men samtidigt torr. Bollar rullar som en sovjetisk tank genom röda torg. Utan respekt, men hotfulla utan konkurrens. Fötterna halkar runt på strån som trycks ner mot jorden de hämtar näring från. Passning efter passning. Rop om frihet, rop om att få göra nästa mål. Ord från ett annat land. Mat som väntar på ett bord intill. Altanen är nybyggd och ger huset än mer själ. Maten är också den från ett annat land, ett till hemland. Åskådare i form av de närmsta själarna. Skratt när passning går fel. Skämtsamma burop när motståndare gör mål. Fasaden på huset agerar ibland medspelare till en lillebror till den äldre broderns förtret. Det får gå denna dag, denna stund. Hälsosamma inandningar av sommarens fuktiga luft. Syret springer inuti ådror i den höjda pulsen och fortsätter till resterande kropp. Till sist förstår armar och ben vad som sker. Benmuskler stabiliserar steget på de våta gräsfläckarna, benmuskler ger än mer kraft på de torra motsvarigheterna. Bollen stannar inte för någon.

Som den sovjetiska tanken på de röda torgen. I leken finns allvaret, i allvaret finns kärleken som saknats ett par år. En stabil stund med genuin tanke om trygghet. Kanske varar den hela sommaren, kanske stannar den bara en liten stund till efter att det sista målet har gjorts. Hur det än blir fanns glädjen på en gräsmatta med åskådare som värnade om varandra. Medspelare som tillät syret fylla kropparna. Ett stort jubel. Höjda armar hos vissa. Sura miner hos andra. Altanen är uppdukad. Deltagare kramar om varandra. Sedan fortsätter tryggheten. Kanske lever den hela sommaren, kanske inte.

Att bli kär och sjunka in i sin älskades anekdoter är en högre frihet. Orden tar över tankarna och blir starten på en resa kring personen som nu äger mitt hjärta. Kunde alltid lyssna till minnen och händelser som berättades av mitt livs kärlek, tröttnade inte även om det var femte, sjätte eller nionde gången som vägarna i livet förklarades. Min haka vilade i min hand, jag skrattade, grät eller nickade med i historierna för att visa att varenda detalj var intressant. Innerst inne visste jag att allting som berättades var av enorm betydelse, för vartenda beslut och vägval ledde henne till mig och till det som blev vi.

Lat

Orden letar sig inte in i huvudet, definitivt inte på papper. Sagofigurer, ordinära karaktärer eller ens de egna upplevelserna får ro att skildras mot ett A4. En kramp, värre än den i ljumsken under vinterhalvårets löpturer genom snön. Tittar ut över gatornas rörelser från höjden men inte ens då kan en stereotyps rörelsemönster skildras. Citat och dialoger är som bortsprungna i den värld som annars liknar den verkliga. Fiktionen är den vän som oftast tar sin väska, ber om notan och leder kvittot mot kroppen som förväntade sig jämlikhet och laganda. Biografin över det egna är rätt väg att gå, och nu finns inga vägskyltar dit. Orden stammar inte fram några ljud. Enkla vokaler stannar vid underarmars trendiga tatueringar för att bli kvar där. Och detta ska vara den delen av författaren som skildrar andras upplevelser, som präglar en omvärld som knappt kan relateras till. Krampen rycker till i pekfingret och pennan lämnar handen. Ratad som en objektivt ointressant person. Potential att riva samtliga murar men utan verktygen. En östtysk som känner västs vindar men bara rör lyxen med tungans spetts. En ordinär karaktär letar sig fram bland denna melankoliska martyrs banor. Ansiktet är vad det i stunden blir. Rösten kan skildras och blir även den vad som erbjuds. En annan dag når pennan längre än detta. Kanske passerar orden den pretentiösa tatueringen från en roman. Den dagen kommer när delen av författaren faktiskt gör mer nytta för någon. Dagar när orden fylls av energi och längtan. Inte dagar som denna.

Log med de onda känslorna i smilgroparna. Det var första månaderna av brusten kärlek. Log för att inte bekymra andra, bekymra de som brydde sig om mig. Vid en bar på en ö satt jag och log som vanligt, med känslorna gömda bakom ytterligare ett leende. Natten som följde fylldes av vänskap och vackra ord om var vi var på väg i livet. En hand dök upp och en amerikansk stämma från Philadelphia bad mig ta den. Den kvinnliga rösten kändes som silke mot huden. Hon förklarade med tydlig dialekt att sorgen syntes utanpå, och att trösten kunde leva ett par timmar i den tropiska värmen. Att det var okej att inte längre gömma sorgen i smilgroparna.

Naturlig

Bladlössen går på rad över lövet ovanför näsan. För varje manöver i främsta ledet, följer resten av sällskapet efter. Ett löss faller bort, fångas av en vilande vattendroppe. Ett annat mister orienteringen och faller ifrån när de andra går åt ett annat håll. Ursprungsgruppen följer ledaren troget. Lojaliteten kanske blev kvar i originaluppsättningen. Bladet vid näsan smeker varsamt nästippen. Beröringen skapar en välbehaglig ilning i nacken. Håret reser sig. Hängmattan formar sig utefter kroppens båge. Fosterställningen är den närmsta likheten. Träden står stadiga. Rötterna som vuxit ner i jorden håller de ståtliga träden upprätta. Deras yttersta trådar syns närmast stammarna, sedan dyker de ner under jorden och försvinner. Träden hjälper varandra att hålla hängmattan ovanför marken, tillåter kroppen att vila. Ett nätverk som en satellits gömmer sig under marken. Samverkar som ett ståtligt lag. En tornado kan inte ro på stabiliteten. Resultat av års förberedelse. Bladlössen är försvunna under de egna ögonens flykt. Inga droppar ligger kvar på bladet. Nog tog vattnet med sig inte bara ett av lössen, troligtvis flera. Få undviker naturens lagar. Katastrofen är nära om en inte passar sig. En humla flyger förbi hängmattan, på jakt efter nektar. Eller kanske redan mätt på densamma. Fågelkvittret har agerat slinga av ljud sedan linorna spändes upp och tyget fläkte ut sig. Samma tyg som blev en viloplats. Träden tänker inte ge upp. Sången från förfäder tar ton uppe i trädtopparna innan en lastbil i fjärran tutar på en medtrafikant. En svärm lämnar full av flyttfåglar. Som på en enkel signal är alla i luften. Bladet smeker näsan igen, och nackhåret ställer sig i givakt. Lojal mot beröringen.

Ord har aldrig någonsin funkat för mig mer än klena förhoppningar att hålla fast i när vinden blåser. I orden bor löften och om de inte får leva i form av handling kan de lika gärna stanna i tanken. Oavsett om jag funnit vänskaper eller kärlekar, har mina ord valts i åtanke att få leva vidare i handling. Om min kärlek är värd en bok, blir löftet att skriva en text, och handlingen blir en roman. Ekar dina ord till mig i den tysta natten om att få höra att allt blir bra, kommer mitt stöd leva vidare till den dagen du står stark igen. Älskar jag dig, blir det mer än en fras som sägs, mina andetag kommer pulsera genom mina lungor för att varje morgon, varje dag och varje kväll visa att mina känslor lever för dig och oss.

Neutral

Diskussionen är sporadisk men samtidigt intensiv. Den äger samtligas hörsel, samtligas uppmärksamhet. Vinglasen är tömda sedan länge. När åsikterna tittar fram, viker de utan åsikt undan sina idéer, sina tankar om det som sägs. Vissa gråter en skvätt, andra håller handen under borden och hoppas att det snart tar slut. De ledande i diskussionerna märker inte att resten förblir tysta, på ett sätt är de uppslukade av en frihet under ansvar. Ansvaret växer för varje mening som triumferat uttrycks i andras närvaro. Ännu en individ lämnar bordet när åsikter gränsar till övertramp. En del sitter kvar, härdar ut även om det inte är konstruktiva tålamod. En persons fingrar spelar tysta melodier mot ett halvfullt vinglas. Där har åsikterna stannat kvar i strupen och bett om att få bli kvar. Ingenting som en maktkamp i form av vatten kan tillägga. Kampen tycks föda argument efter argument. Blir till en muskel som ingen bett om, som ingen vill se, än mindre lyssna till. Fingrarna spelar låtar som berör i tysta tolkningar.

Takten finns där, likaså texterna. Ingen kan höra
förutom personen själv. Det är bra, det är en frihet,
en ny form av integritet. En nagel ersätter
fingertoppens hud mot glasets hinna. Som på
kommando riktas uppmärksamheten till ljudet som
uppstår. Åsikterna fast i halsen, nagelband mot
genomskinlig vägg. Frågande blickar, äckel och
ingen lyhördhet. Ursäktande gest och diskussionen
fortsätter. Ingenting vettigt till det ovettiga nyttjas.
Fingret spelar tyst vidare. Denna gång med större
försiktighet.

Får ibland höra att jag är tragisk, tycker synd om mig själv och att jag måste gå vidare från den jag älskat. Det som sägs når mig inte mer än att det påminner om varför jag egentligen skriver. Poesin är min oas från det som är det vanliga livet, med vanliga känslor och med vanliga bekymmer. När min stund kommer under dagen då pennan ger utlopp för mina känslor, inser jag att orden inte är sanna. Jag är inte tragisk eller inte kan gå vidare. Mina känslor söker en annan att älska, och får kraft ur skrivandet. Andra har ätit från våra tallrikar, druckit vin ur våra glas och sovit i vår säng sedan vi tog slut. Men att älska någon betyder allt i mitt liv, och att älska är större än att bli älskad. Önskade att fler kunde inse det, och mina ord fortsätter handla om mina kärlekar, för då vet jag att mitt liv en gång innehöll livets gåva. Att älska en annan utav hela mitt hjärta.

Välmående

Kan vara ett element, ett portabelt. Kan vara en hörlur, en sådan som sprakar men fungerar. Om en närvaro duger, då är den värd att finnas. Eller inte. Kan vara bilen som tar skepnad från plats till plats, men inte skryter. Kan vara ett hotell som är den utgångspunkt en romantisk resa kräver, men som enbart tar hand om nattens sömn. Tatueringen på armen bor kvar efter många år, men den vill ibland flyga iväg från läderhuden. Atmosfären önskar dess bläck. Motivet tillägnas en naken hud. Med en högre önskan om värde. Men inget hjälper. Närvaron finns där, men var inte värd ödet som utlovades. Troligen släpptes den fri. Historien är till för andra ögonblick, de händelser som läker långt gående trauman utan behövd ursäkt. Sår som blivit ärr med livets beteckning. Kan vara det elementet som beställdes hem från alla billiga onlinebutiker. Ett element som värmer enstaka kvadratmeter, som gör allt det kan för att göra rummet finare. Kan vara den hörlur som sprakar, den som glappar vid minsta beröring och knappt urskiljer den musik som önskas förmedlas.

Men musiken finns där, tillsammans förenar den två sinnen med sina smutsiga sladdar till en ensam telefon. Närvaro blev till frånvaro. Allting blev till hoppfullhet kring att livet ändå räcker till. Tillvaron vet ibland inte vad som önskas. Den blir till en organism som vill växa upp igen till en bättre varelse. Tillvaron blir till det sunda inre som borde ha funnits. Från starten av dagen, starten av det liv som blev.

Drog mina tår mellan alla hundratals trådar som var min vardagsrumsmatta. Öppnade fönstret intill soffan och tittade rakt fram i spegeln mittemot. Mina käkben var tydliga, som rakblad. Mina påsar under ögonen hade börjat försvinna efter en månad av gråt och avsaknad av skratt. Av någon anledning bad du om att få komma över på en fika. Mina villkorslösa känslor levde fortfarande, trots att vårt avslut var ett faktum, vilket ledde till ett köksbord fullt av allt du tyckte om. De tända ljusen svajade och en present stod redo för dig. De dumma känslorna att fortfarande visa kärlek mot någon som valt att lämna gick inte att kväva. Du dök upp och i stormens öga fick jag ingen luft. Ett ansikte som börjat glömmas bort fanns framför mig. En röst som troddes vara förlorad hördes i lägenheten. När du sa hej då för femte gången på en månad, kramade du mig och i dina armar undrade jag om mina känslor fick gå vilse igen, precis som förut. Men de leddes enbart ut i skogen, och väl där hördes dina steg i trapphuset, och kartan tillbaka hem till hjärtat fanns ingenstans att finna.

Lugn

Vilda hundar springer i samlad grupp efter två personer. De frustar och skäller. Den ena efter den andra. Taktfullt, sedan utan minsta turordning. En misslyckad jazzkonsert med ett billigt inträdespris. Hundarnas klor studsar som skolgårdens stenkulor mot asfalten. Deras avhuggna svansstumpar försöker hålla balansen, skarpa kurvor mellan smutsiga gränders väggar. Fasaderna blir enbart städade av regnens intensiva attacker, vilka avvaktat med sina droppar i flera veckor. Skallen ekar när de studsar på tegelväggarna och efter personerna. Ekot hinner ikapp personerna långt innan hundarna når samma plats. En retfull gest av fysikens lagar dock tacksamhet från de jagade. Deras gemensamma fyra ben bär skor med gummisulor. Det är halt att skapa manövrar som vilseleder hundarna som försöker hinna ikapp. Varelserna gör sitt bästa. Att sukta efter blod i tropisk värme skapar en viss instinkt. En soptunna välts av en av personerna. Ur tunnan flyger allt möjligt och luktar hela vägen fram till grändernas frizon. Ett handelstorg tros vara slutet,

en plats ej lämpad för improvisation och fria beslut.
De skällande ljuden har tursamt avtagit. Soporna
luktar inte längre mer, eventuellt av rutten banan.
Ett skal har fastnat på en av gummisulorna. Torget
är tomt på folk, men av någon anledning står ett
fruktstånd kvar. Orört. Hörnet som är hemvisten
välkomnar lugn. Den tropiska värmen tillåter
frukten att förbli någorlunda färsk. Udda händelser.
En av personerna torkar bort svett på en handrygg.
Andas in djupt vid tre tillfällen. Tar en tugga ur en
saftig honungsmelon. Vätska och återhämtning.

Augustisolen i huvudstaden som innehåller min passion gick sakta ner över taken kring Shoreditch. Tv:n stod på i hotellrummet och värmen i staden tvingade mig att öppna fönstret till tvärgatan. Samtidigt som antikrundan spekulerade kring en vas från Sheffield, gick jag tillbaka till sängen där du sov stilla. Dina andetag hördes i rummet och jag lät din siluett skymma solens sista strålar från att blända mig. Om ett par veckor skulle vi inte dela hem, och än mindre dela säng. Dina vägar ledde från oss, och mitt försök att visa dig min första kärlek i London var ett sista rop på hjälp. Men avståndet mellan oss växte för varje applåd inne i arenan, för varje tunnelbaneresa. Solen syntes inte längre till när jag omfamnade dig och du rörde dig in i min famn. Fortfarande var sömnen din bästa vän, och jag lyssnade till andetagen återigen. Sparade ögonblicket i mitt hjärta, där i rummet. För efter varje ny solnedgång insåg jag att avståndet växte sig större, och kände hur hjärtats kollaps smakade salt. Innan jag somnade kysste jag din panna och tackade för att du fanns med mig. Även om slutet knackade på dörren och skrattade dovt.

Avslappnad

Händelser speglar ett liv. Liv skapar händelser. Likt
ett timglas kan ens dagar spenderas, vänta ut korn
efter korn, passerar förbi mittpunkten och lever med
tron om att friheten uppfanns i fallet. Händelser
präglar valen som följer dem. Ibland alldeles för
kvickt. Livet tror sig förtjäna det som hänt, när det
egentligen handlar om någonting annat, en dag blir
till år. År blir till sekel. Där i placeras minnen.
Tillåter de skapas utan närmare eftertanke. Ett sätt
att forma. För vissa med enkelhet. För en själv svårt,
för den andre en form av ren konst. Innehåll i
minnen är olika, skiljer sig mellan drömmar och
verklighet. Verkligheten kan överträffa drömmen
vilket leder till att timglaset krossas. Livet blir en
sanning, utanför dess trånga mellanrum. Allting som
inte ansågs tillhöra ens eget, blir till den högsta av
gåvor. Händelser kommer och stjäl då och då dessa
gåvor, dessa skatter i form av individ eller objekt.
Hur detta möts är upp till var och en, men det leder
till styrka. Först svaghet och sorg. En tyngd värd att
bära. Ryggen kröks inte lika enkelt, med samma

införstådda acceptans som innan. Ryggen blir stark. Timglaset läker aldrig igen, för gåvan gav inget reservkit. Den fick synen att bli skarpare. Kornen faller för andra som mister upplevelsen. För dessa eventuellt en konstform. För den med nya horisonter, ett fängelse. Med vetskapen om det krossade glaset bakom sig, somnar en kropp enklare. En ny gåva är på väg. Frågan är bara när, och om den kommer fram.

Ambitionen har under hela livet varit att finna den person som är värd att tillägna all min kärlek till. Två personer har fått möjligheten att känna en del av mängden omtanke. Men ingen har någonsin fått uppleva hela min arsenal av kärlek. Året är inte slut ännu, men har redan visat sig vara månader av svepande kontakt med människor som vill gräva sig djupt in i famnen och stanna där. Men en utmattande känsla har härskat över känslospelet. Mina ögon har stirrat sig blinda in i andras ögon, in i spegeln och sett sig själva. En växt som väntar på äkta värme och näring blev jag, en växt som väntar på nästa svepande kontakt som väljer att stanna på riktigt. Ett band som ger näring på ett helt nytt vis. För de som kom innan tog energin och försvann bort. Sommaren är snart slut, och kanske finns du där, du som äntligen kommer få känna all min kärlek.

Säkerhet

Krater på Island, ryker och försöker somna in utan att egentligen märkas. Triumfbågar i en rondell. Vill skryta men tillåter sin historia att säga de första orden. En annan båge i Irlands sken, skrytsamt om barerna i bakgrunden som tillägnar värde till livets långa slit. Ett ansikte sveper förbi vid varje riktmärke, ett sådant som alltid är bekant oavsett hur många år som passerar. Bekant även om dagarna flyger fram som en rallybil. En följeslagare som lojalt ser till svagheterna, men även förgyller styrkorna som får bägge att bli hjältar. Skrattet skapar energin till att få kratern att försöka vakna istället. Lovorden får triumfbågar att skryta om deras skönhet utöver det som med rätta bör få leva till fullo. Ett höghus, ärligt talat en skyskrapa, tillåter huden att bo högre upp jämfört med tidigare. Tonen är ytlig vänlighet, ett merförsäljande koncept. Där, vid solens närmanden, är skrattet högre som husets latitud. Får stadens siluett att eka ut de stolta orden som bara en världsmetropol får yttra. Under ytan, där de varma kvällarna värmer vattnet på södra

halvklotet, bryts ytan som en religiös signatur.
Skillnaden är att fabler och äkta närhet skiljer sig för
stunden. Ytan bryts och samtidigt kan lungor och
syre samverka. Påminna om att världen aldrig är
större än ett samtal bort. Världen, oavsett halvklot,
kommer sjunga för de skratt, för den närhet, som
finns i samband med skepnad i denna form. En
skepnad som får vulkaner att vilja vakna.

Den upplevda skammen kring att sakna sin bästa vän och kärlek. Att saknad är en svaghet som behövde kvävas med alla möjliga medel. Såg det som svaghet att visa henne att jag fortfarande älskade henne av hela mitt hjärta, trots att det gått tid efter det sista avskedet och efter att hennes känslor till mig sedan länge dött ut. Kunde inte släppa känslan av att vakna upp och sakta smyga in i köket och koka kaffe. Att under tiden som kaffet droppade ner i kannan skriva en kort text om hur mycket hennes närvaro betydde för mig. Att mitt hjärta levde för henne. Skämdes under en lång tid över att jag saknade henne. Sedan kom insikten att jag saknade att älska någon, och att möjligheten skulle dyka upp igen. Där och då blev skammen till stolthet, att jag kunde älska någon som inte förstod storheten i det. Stoltheten att nästa gång tillägna kärlek till en annan som inte fick mig att skämmas över att hon är saknad.

Uppriktig

Runt i rummet gick ögonens pupiller. Väggarna var knappt inredda för att husera ett liv, men de försökte. Samma ögon, där pupillerna bodde, började att tåras upp. Anledningen var självklar och gick att andas in som vårens blomstrande dofter. En pust av liv som borde ha begravts med sommarens sista dag. I orden som sades existerade tragik. I orden som inte sades fanns glädje. Men den fick inte uttrycka sig i samma stund. Glädjen väntade ett par månader med att säga ett enkelt hej. Väggarna var vitmålade. Enstaka i betong, andra med billig tapet som bara hyresrätter i mindre städer stoltserar med. Ögonen började få en hinna gentemot det som bevittnades. En skyddande barriär av mänskliga verktyg. Grumligheten i synen var en få saker som faktiskt hjälpte. De orden som sades innanför väggarna var ärligheten själv. De skulle komma att leva längre än vad som tänktes ut. Betydligt viktigare skulle de komma att bli än vad som förväntades. Orden var försvaret mot ett förfall. Sista dagarna som Rom fick, den sista vågen som skrovet på

Titanic behövde uthärda. Mörkret skulle dränka det hopp som fanns kvar i den mindre staden på fel sida av järnvägen. Och det var precis vad som behövdes och skulle ske. De vita väggarna blev till otydliga siluetter. Väggarna blev bakgrunden när tårarna till sist bildades och släppte taget. De föll med samma takt och med samma hopplöshet som de ord som bildade ett försvar. De sista orden var själens form av fågel Fenix. Bokstäverna brann upp, och ur askan kom ett nytt liv. Nya formuleringar.

I sin renaste form vill inte sorgen bli tröstad på samma sätt som grunda bekymmer. Att höra att allting blir "bra igen" räcker inte. Det som önskas är att få höra en stämma som stämmer in i det som tynger hjärtat. Att en vän försvunnit, att det just nu är allt annat än bra. Vid ett uppbrott känns det som om all smärta vill leva fritt och få springa runt i den struktur som världen ändå är, och världen har svårt att acceptera betydelsen av att släppa de ledsna känslorna fria. Önskade ofta under de djupaste dalarna att någon bara höll mig, lyssnade på smärtan som formade de ord som lämnade min mun. Att någon löste biljett till det ostoppbara tåget som är att försöka hitta sig själv igen under förlusten av livets kärlek. Texten skrevs när hopplösheten var som störst, men i slutändan köpte nära vänner enkelbiljetter mot ett nytt liv, och i deras famnar hittade jag tillbaka till att älska mig själv, att åter förstå innebörden av självrespekt.

Stabil

Roddbåten gungar med i vågornas pågående anstormningar. Årorna vilar mot kroppen som observerar hur vindens penseldrag upprör sjöns vackra yta. Håret på huvudet ligger stilla, det berörs inte av viskningarna i form av naturens stämma. Håret på armarna står upp som en bataljon inför slutövning med de nya rekryterna. Sommaren har knappt börjat, ändå försöker kylan påminna om höst. Ett misstag av dysterheten. Vågorna blir färre av insikten att lyckan äntligen nått fram till individer. Den har bott på annan ort, annan planet i månader, till och med år. Nu vill den vara den vän som skriver meddelanden i natten. En vän som aldrig skyr medlen att få livet att verka bättre. Lyckan har valt att lägga sin hand där axeln tar slut och en trött överarm vilar tyst. Axelleden har under ett liv undvikit att höja armen för att uttrycka sina egna önskningar. Axelleden har stannat nere för att kunna plocka upp andras bekymmer och starka tyngder. Vågorna är borta. Penseldragen är över och naturen förblir stilla. Sjöns kanter pryds av skog.

Träden skymmer sikten till omvärlden. Ger få tillfällen att längta tillbaka till saker som gjort gott, men lika ofta gjort ont. Nostalgin bedövades av lyckans löften om höga toppar. De djupa dalarna är där för att förstärka lyckans löfte om att båtens kropp tillåter lugnet att infinna sig. Naturens stämma är annorlunda när stämbanden tillåts vila. Vinden är inte lika brysk, den smeker oftare än vad den river upp sår. Sommaren har inte hunnit börja, men är redan allt som någonsin önskats.

Konsten når längre än enbart till canvas och till sociala medier. Konsten når ut till de som alltid bor i mitt hjärta, även om de valt att lämna. Alltid beredd att ta deras händer och dansa in i nattens dimma, in i livets bekymmer men också in i den lycka som ett sällskap skänker.

Kraftfull

Surfbrädan är ett säte på en yta i ständig rörelse.
Benen är utan skydd och i fokus för en asiatisk
solkräm som egentligen behöver vara faktor än
högre. Men det som finns är det som får duga.
Gungandet är som vaggan när livet var nytt. Upp
och ner rör sig kroppen som havets facit sänder gång
efter annan. Vattnet plaskar mot brädans hårda skal.
Vätan talar ett språk som är mer än universellt.
Holländarna vinkar ut varandra och samlar sig inför
de större vågorna som påbörjar sin offensiv. Reven
längre in mot stranden ser på som en äldre bror som
väntar på föräldrarnas frånvaro. Redo att göra livet
surt, redo att ta den chans som ges. Strålarna tar sig
in under solkrämen. Det svider redan i porerna och
saltvattnet skrattar över den kemiska reaktionen
som det bidrar till. Kanadensarna ropar högt när en
ovanligt hög våg sveper in. Några av dem lyckas
tämja vilddjuret, tämjer bågen och flyter ståendes
med i farten. Andra ramlar i ett tidigt skede, dyker
inte upp förrän långt senare när skummet från
vågen lättats upp. Sätet som är brädan blir ett

trivsamt tillhåll. De krafter som världen försöker nå
kroppen dör ut innan de kan påverka. De mindre
krafterna får ytan och konturerna att fortsatt plaska i
samspråk. Annars är revet och vågorna fiender utan
närvaron som krävs för att rubba en balans.
Holländarna ropar ännu högre denna gång.
Kanadensarnas rop är som viskningar i jämförelse.
En dubbelt så stor våg rör sig in mot allihop som
samlats vid revens utkanter. Den växer och växer.
Skuggan lägger sig över låren som utsatts för solens
hetta. Sätet gungar till mer än tidigare. Men
balansen är stabil. Naturens krafter når oavsett
ansamling av mod inte kroppen. Blir till tappra
försök. Saltvattnet svider i porerna, men solkrämen
gör ändå sitt.

I natten, någonstans ovanför molnbädden, satt jag inuti ett flygplan som lämnat Nya Zeeland för ett par timmar sedan. Destinationen var ett av världens minsta länder, men även mitt livs största mål. Där bodde min kärlek över en höst som kändes som en evighet. Mina sinnen hade inte känt kärleken nära på över tre månader och inuti kabinen fanns enbart tankar om att snart få hålla om personen som ägde hjärtat. Under sensommaren hade vi tagit farväl vid vår gemensamma ytterdörr, där och då insåg jag att mitt hem bodde i henne och allt hon var. När planet landade i Singapores varma kväll, ville mina ben nästan springa mot ankomsthallen. Kände hur mina andetag kände syret igen, och hjärtat slog lika hårt som första gången jag såg henne. När våra blickar möttes efter nästan 100 dagar, föll tårar från hennes ansikte och jag förstod att jag var älskad. I varandras armar dansade vi, även om det var tydligt att distansen redan tärt. Ett år efteråt tog vi slut, men där i ankomsthallen vet jag att hon älskade mig som mest. Och det var så fint, hjärtat glömmer nog aldrig den stunden, när syret nådde in igen.

Ung

Kyrktornen sprider ut sig över staden i dalen.
Kullarnas toppar skapar punkter dit människor
söker sig på jakt efter nästa vackra solnedgång. Där
möts kärlek, vänskap och billig alkohol. Nedanför ett
av alla torn tittar en grupp ut över staden. Från norr
till syd, öster till väster, i öga fyllt av ungdom.
Klockan slår inte vid dessa tider, om ens någonsin.
Tornet står tyst och stirrar mot hamninloppets
horisont. Fast i marken, okunnig kring förmågan att
röra sig, dömd att bli kvar på samma plats. En flaska
hämtas upp ur en ryggsäck. Köpt för studielitteratur
och ny kunskap. Nu budbärare av ruset, språkrör åt
ett helrör. Gruppens ögon stannar till vid en
färjeterminal. Ointressant i allmänhetens objektiva
blick. Drömmen om en finare hemvist för andra.
Flaskan passerar händer som förortens
pendelhållplatser. Händer släpper glasets form, som
föräldrar som till sist behöver släppa iväg sina unga.
Värmen når bröstbenet och sprider sig ut i fingrarna.
Där stannar den och tillåter orden att uttrycka
sanningar, subjektiva lovord direkt från bröstet. Ett

kyrktorn ringer och slår högt i fjärran. Värmen är kvar i bröstet och sprider sig till benen. Någon ropar ut över stadsdelen som kyrkans rot äger. Den egna klockan svarar inte. Står tyst som innan och skyddar gruppen nedanför med sin fridfulla fasad. Flaskan passerar hållplats efter hållplats. I väst går solen ned, men den värmer fortsatt utan att synas. Ruset byggs upp och dumma beslut blir rättfärdigade. De växer i samtliga huvuden. Instinktiva drömmar, instinktiva beslut. Kyrkan lyssnar, den vet om hur ungdomen kan lysa upp världen.

En speciell person har varit min hamn som tillåtit mig att komma tillbaka i flera år. Även när mitt liv kretsade kring kärleken, var denna person ändå min trygghet. På en strand, i begynnelsen av det som blev den djupaste dalen i livet, vilade hans tröstande hand på min rygg i den varma kvällen på Australiens östkust. Samma hand vilade på min rygg när vi tog farväl i en sval lägenhet i Singapore. Handen och hans röst lugnade mig i en ny lägenhet i Västerås samma höst som hjärtat på riktigt gick itu. Hans famn höll mig på ett dansgolv i Indonesien när känslorna tog över. Redan som småbarn har hans närvaro varit min hamn där jag får lägga till när jag vill. Och den tryggheten är värd mer än vad världen någonsin kan erbjuda. Min kusin har sett världen med mig i dåliga som bra tider, och han bor i mitt hjärtas innersta vrår. När vi en gång sa att vi älskade varandra, innan hans blick släppte min vid Amsterdams avgångshallar, stod jag kvar och observerade hans skepnad som försvann bort. I min kusin bor en del av mitt liv, och varje gång vi ses igen, kan jag leva fullt ut.

Bitter

Leenden passerar och inget ont når in i de ansikten som yttrar samma gest. Skratten studsar överallt utan minsta tecken på att upphöra. Tillropen skapar än mer skratt och när känsloexplosionerna upphör lever leenden kvar som ett vackert arv. Det egna ansiktet bidrar inte med skratt. Inte ens de levande smilgroparna blir djupare. Ett iskallt yttre som mer liknar den grå vintern än det soliga yttre som omvärlden skiner med. Pappret framför överkroppen förblir orört. Egenföretagare intill antecknar som om det inte fanns en morgondag. Som om livet hängde på nästa notering. Underläppen forceras mellan grannens tänder. Högerhanden rör sig nerför blockets snart överfyllda sida. Den egna pennan ligger kvar med sina vänner i pennskrinet. Antalet pennor där i skapar en diffus prestationsångest. Bläcket har inte flutit ut på över en vecka. Även om skrivstugan i form av smultronstället besökts varje dag. Ibland två gånger per dag. Löpturerna har blivit fler, ett sätt att försöka avlasta krampen. Skratten blir fler och tillropen högre. Fokus förpassas till alla platser där det inte hör hemma. Skrinet är halvöppet, dragkedjan går inte igen helt, blottar pennorna som inte använts. En grön, en gul, del av den svarta som skapat två romaner. Alla stirrar mot en överkropp och mot en ofokuserad gestalt som ansträngt dricker en ljummen klunk ur kaffekoppen. Leenden passerar förbi igen och igen. De upphör inte, även om känsloexplosionernas symfonier tystnar stundtals. Skrivstugan är nära, den är platsen för skapandet, men vill just nu allt annat än att agera. Vännen är försvunnen. Andan behöver hämtas upp från magtrakten per automatik. Pennskrinet ska öppnas fullt ut. Det ljumma kaffet rör sig nerför strupen. Ett leende flyter förbi.

Att inte respektera dina känslor, att gömma dem bakom att du känner mycket eller är svag som har behov av att bli älskad, är en björntjänst utan motstycke. Den som får dig har vunnit livets högsta vinst, och om du därtill har förmågan att älska villkorslöst, kommer kärleken aldrig bli större än vad den är. Om din omtanke inte duger i ögonen hos den som blir älskad av dig, är förlusten deras. En dag vaknar de upp utan dina fingertoppar i sina händer, utan doften av frukosten som förbereds under söndagsmorgonen, utan att bli älskad från den stunden de öppnar ögonlocken. Att respektera dina känslor är det viktigaste som sker i det som är våra korta liv. Låt aldrig dina fingertoppar söka djup i händer som inte kan hantera din fantastiska kärlek. Låt aldrig frågan existera, när den du älskar ligger intill, då du undrar när hon tappade sina känslor till hennes livs största vinst.

Avundsjuk

Gul bil på uppfarten och vit putsfasad. De många resorna till hörnen av en värld som är rund. En känsla av mörkgrönt. En känsla av att stirra sig trött på vad som inte existerar i det egna livet. En röd bil på uppfarten, ett mörkgrönt hus i fjällen. Hus istället för stuga, femsitsig bil istället för tvåsitsig som hyrs för en enorm månadskostnad. Blick som följer steg med tankar om ojämlikhet. Blick som kan döda, men som även skänker energi till processen. Tror den med skeva idéer om piedestalbyggnader av rang. En lila bil på uppfarten, framför en trevåningsvilla. På taket en platta för flygande fordon. Fönster stora som himlavalv. Dörr ansedd för bred att kunna rubbas högst fem centimeter. Högt travande färger i fönstret, högtravande konst på väggarna mellan sovrum och middagsbord. Kylan utanför kyler ned förhoppningar och att nå till toppar. Kylan greppar tag om halsen och tillåter enstaka andetag att smörja lungorna. När luften lämnar i kroppstempererad omtanke, förångas den mot kylan som biter till. Ytligheternas makter är starka. Världen applåderar

en guldklocka mot handleden, timvisare i diamant.
En applåd för karriärslystnad, samtal som ger
ingenting. En gul bil lämnar uppfarten, däcken
tappar greppet när förarens giriga pedal gör motorn
arg. Febrila rycket gör att bilen sladdar till. Den vita
fasaden av puts hålls ren av en anställd arbetare.
Ingen vet varför, men alla vet varför. En dröm att
förkasta, en lögn att arbeta mot, någonstans finns
insikten och sanningen.

Tre år av villkorslös kärlek kändes som en kort löptur genom vardagen. Kroppen och själen hann inte ens komma upp i puls innan det tog slut. Att ha älskat någon på det sätt som var tre år, var inte alltid bra. Glömde bort mig själv där i alla känslor. Men att ha fyllt mina pulsslag med oändlig mängd omtanke och stolthet över att vara en annans, kommer aldrig att sluta vara den drog som mitt hjärta kräver. Nästa gång hoppas jag att du stannar, vem du nu är, tillräckligt länge för att inte känna att kärleken som ges inte ens hann landa i själen.

Skyldig

Att inte stötta, hellre fälla. Klaga, inte hjälpa för att
ta vidare. Se muren, men inte vägen över och till
andra horisonter. Dörren väger som en klippa
framför ogenomträngliga tempel. Vaktposterna
tolererar inga tvivel och fäller varenda inkräktare
innan det konstaterats om främlingen vill illa. Ingen
röst frågar, den antar och vill inte höra bakgrunder.
Enklare att agera med en reaktion utan en skyldig
aktion. Att inte stötta, hellre fälla. Klaga, inte hjälpa.
Staden är kall under vintern. När snön faller, faller
även den lilla kärlek som vill existera. Kvävd i
mörker och i fokus för brist på närhet. Inkräktaren
är hoppet om att värma någon annan än en själv.
Men vaktposterna skjuter utan att fråga. Om en
förmåga funnits, föddes den för att dö lika kvickt. En
ledsamhet över ambitionerna som frågar om en
hand som ligger knuten i fickan. Inte lillfingret eller
pekfingret vill acceptera förfrågan. Långfingret
stannar kvar, böjt som ett brustet självförtroende.
Ljuset vill hitta fram, mörkret kväver de ljuvliga
känslorna som försöker titta fram. Ingen tar ansvar

även om det mer eller mindre påstås. De krökta ryggraderna står stadiga i medgång, vid motgång ställer sig individ efter individ efter varandra. Blir till ett levande dominobygge som inte inser sin egen svaghet eller bräcklighet. Bakgrunden bakom inkräktarens kärlek hörs inte i mullret av egoism. En hand sträcks fram, öppen som blommor när solen äntligen ger näring. Långfingret ber resten av handen att stanna kvar i fickan. Axeln kan inte ignorera strävan från drömmaren som inkräktaren som egentligen heter. Fickan vill inte längre vara ett hem för en egoism. Framåt utan att känna en stolthet över skyldiga slentrianbeteenden.

*Har under hela livet varit fylld av känslor till
bristningsgränsen. Ena dagen är lyckan där att fånga,
den andra fylld av sorg efter hur saker inte blev. Ibland
är kroppen bortdomnad och vill inte känna minsta lilla,
men när jag är kär lever varenda ivrig känsla upp.
Lyser klara som solens strålar och ingenting annat än
just kärleken får plats i kroppen. Därför gjorde det ont
när den enda jag ville skulle förstå mig, ansåg att jag
levde med för många känslor utanpå. Efter tid har jag
förstått att det aldrig varit fel på mig. Det handlar om
att den som förstår mig, kommer att få mig. Och till dess
väntar jag, och hoppas att min blick en dag lyfter sig
från marken och mitt livs kärlek står där. Redo att
förstå mig, redo att bli älskad.*

Okunnig

Frågande miner inför kassörskan och inför en kö.
Den slingrar sig runt hörn, runt hyllor, längs golv
tills den når avdelningen med fler varianter av
havredryck än vad det finns delstater i samma land.
Minerna hänger kvar som ett sällskap hem efter
nattens bravader. Följdfrågorna dröjer eftersom den
första frågan som ställdes fortfarande letar svar
inom mottagaren. Blicken fäst på display som
förkunnar beloppet som ska betalas. Men där finns
inget facit. När insikt fås kring vad som kan vara
essensen i kassörskans fråga, dyker nästa fråga upp.
Det tar stopp och nervositeten ger ifrån sig den enda
strategin som funkar. Ett leende och inget mer. Kön
byggs på än mer, som en växt som desperat söker
efter solskenets korta stunder under vintern. I hopp
om att fånga energin från det redan kortfattade
besöket. Suckarna följer köns former som ett ostämt
piano. Tangenterna ger ifrån sig missnöje efter
missnöje. Tiden anses i denna onödiga undran
förspillas. Ingen intill tänker att deras uppgift kan bli
att understödja. Ingen rider till undsättning med

språkets utvecklade kunskap. Minerna hänger
därför kvar som sällskapet efter gryningen. När
dygnet vänts upp och ner som en misslyckad
släktträff. Beloppet stirrar in i själen som står
handfallen. Svårighetsgraden är under medel, men
ändå står vartenda stämband stilla. En fras hämtas
upp. Det blir en form av upprättelse även om slaget
sedan länge är förlorat. Ingen utmaning för det
självupplevda fiaskot. Nästa dag, nästa gång kommer
kön förbli kort. De många delstaterna blir enstaka
rastplatser för uppehåll där syftet är kristallklart.

Hösten var förra året min nemesis, mitt hatobjekt och mina djupa dalar. Min kärlek blev överkörd av en egoism som inte skådats på flera år och lämnade mig kvar i ett gemensamt hem med bara en komponent av två. Reste runt i världen och sökte efter lyckan som låg begravd inuti kroppen. Ingenstans fann jag mer än temporära glädjerus, mitt hjärta orkade inte resa sig från att kärleken lämnat för en karriär och kastat bort gåvan som var vi. Men ett år har passerat. De mörkare nätterna välkomnas, likaså ska jag stå under träden när löven gulnar och faller ner i mina händer. Jag ska ta emot dem, och minnas hur ont det gjorde att se en framtid gå förlorad. Men i samma stund ska jag leva, och känna hur ett år fick hjärtat att läka.

Oerfaren

Höftben slår i varandra. Ett ben fastnar i den andras knäveck. Håret fastnar under kudden som tvingas ner av en annan handflata. Ett leende bildas på en nyligen kysst mun. Läpparna smakar av cigaretter från kiosken intill gymnasiet. Samma läppar smakar av spriten som serverats inne på baren som nattetid blir till stadens få klubbar. Danssteg har blivit till närmanden, närgångna rörelser har blivit till subtila smekningar över ryggtavla och armar. Bowies "Modern love" gör axelrörelserna felfria, fram och tillbaka, höger och vänster. Vid refrängen sker en första kyss, sedan en till. Kyssar som bygger felaktiga drömmar om evighet. Som i stunden är nattens sanningar, morgondagens drömmar. En viktig sanning. En av händerna vilar på höftben, ett par timmar senare slår samma höft i den andres hårda kroppsdel. En kudde ramlar ner på golvet när vänster knä skickat iväg sängens bundsförvant. Intill sängen spelas arktiska apors lugnare låtar, stämning för en, ovanligt för en annan. Håret har släppts fritt när ryggen vilar mot bäddmadrass. Brytpunkten mellan vår och sommar, fest och terminens sista dag. Lakanet klibbar mot bägges hud som berörs av varandras fingertoppar. Samma toppar vet inte vad som ska ske, men en annan hand greppar tag. Visar hur önskan ser ut och gör den samtidigt till lag. När sångaren höjer tonart i nästa låt, sker allting per automatik. En lugn stämma med kvinnlig ton intygar att allting är okej, att detta är deras stund. Det känns bra, det är fint. Erfarenheten finns i hennes vokaler och diftonger. I alla ord. För två leder hon händer och ben rätt. Höftben vilar naturligt mot varandra, omfamnar vinklar och känslor som ett pussel.

När du försvann, hittade nya vänner in i livet. Sena nätter, tidiga morgnar. En melodi som jag skänkt texter till. En relation som agerade världsbild tog slut och i det krigsdrabbade eftermälet lades en hand på min axel. En tvillingbror: "allt blir bra, det blir det. Till dess finns vi här". Mitt hjärta började prata tydligt igen, tre år av att inte våga höja rösten för min saks skull. Nu sjunger samma röst serenader till mig och lovar att hela dess kärlek tillhör mig. Hjärtat är mitt igen, efter att ha tillhört en annan. I mina händer kommer det läka och skina som förr. Sedan är det redo att ges till en annan igen, dock med lärdomen att serenaden till mig själv alltid förtjänas att höras högt och vackert.

Svartsjuk

Ståtligt hårsvall som tar alla i närheten med storm. En käklinje som förtrollar även samtliga som tittar bort. Den som håller ägarens hand vet själv inte storheten i det som sker. Han bär en vikt av hjärtat samtidigt som livet passerar. Det som vilar, hud mot hud, är hans gåva av himlens dignitet. Hakor faller som käglor när de långa benen skiftar ljusets bana på asfalten när solstrålar skärs av mellan desamma. En lätt rörelse rättar till handväskan som kontrolleras även om den ser ut att falla från axeln som samtliga käkben. Folkhaven, som står i vägen, öppnar upp sig som Röda havet i påhittade skrifter. Ger plats för en passerande dominant. Strålarna söker sig till samma dominant, tackar för att ha blivit strimlade till damm. För dessa skapelser kan bara tacksamhet bli resultatet av ett självförvållat förfall. Det förbannade hårsvallet fladdrar, i samma stund sprider sig de dofter som glömts bort. Ungdomens bortkastade längtan, spänningar i en flaska och de tomma löften som lämnade tungor som svor att inte bli som de andra. Den som håller budbäraren av nostalgins hand ser inte omgivningen eller dess reaktion. Allting har blivit till en enkel vana. Det är vad livet blev och storheten levde i ett halvår. Vikten av stoltheten är där som en tyngd. Ges inte den rättvisa som bör existera. Handen vilar i en otacksam kruka utan näringsrik jord. Rötterna synliga, skrikandes efter näring, vad som helst. Och nästa haka faller, sen en till.

Ekot efter alla mina känslor gick att höra i lägenheten ända fram till sommaren. Tyckte mig vara värdelös och inte värd att leva med. Vänner, familj och bekanta sa ständigt att så inte var fallet. Att högsta vinsten var jag i personens liv som faller för mig, som jag också faller för. Sommaren passerade och någonstans i slutet av solens mest värmande strålar, öppnade jag frysen och tog upp två glasspinnar. Av vana, eftersom du väntade i soffan, tittandes på en serie på min dator. Stod kvar en stund, med kylan krypandes vid fötterna från kylens öppning. Tittade på isglassarna. Log för mig själv, med inte lika tårfyllda ögon som förut. La tillbaka en av dem, stängde kylskåpsdörren och lät värmen återgå till mina nakna fötter. Soffan var tom, ingen serie visades på min dator. Men min omtanke och min vana att aldrig glömma bort dig fanns kvar. Ett friskhetstecken, ett tecken att kärleken vill leva för någon annan, även om hösten nu tar ett järngrepp kring tillvaron. Den kan komma nu, jag är redo.

Melankoli

Bad chauffören köra en annan väg. En tur som förintar minnen och målar förlust över en röd gryning. När himlen blir blå är hjälten redan hemma men ensam. Kände dofterna från ett förflutet på ett av banden som svepte om bröstkorgen. Där inne hördes slag, ett slag mot en dörr som inte öppnades. Hemåt i en morgon utan egentligt syfte. Skickade ett sms och önskade svar. Hjältar är ibland också dödliga. En skärm som slipper nyttja ljuskällan som en populär apparat utmattas av. Skickade ett sms till och önskade ett liknande svar. Slagen mot dörren bedövade öronen från radion vid chauffören, ögonen såg dock allting klart. Den andra vändan, som inte passerade förhoppningarnas alléer, var betydligt längre och avlägsen. Taxan ökade utan att vägen gav önskad effekt. Doften från ett av banden var lika närvarande som känslan av att vilja fly staden. En lyx i en värld där en vunnit livets geografiska lotteri. Trots att en ny vända önskats av föraren, skenar ändå bilen in på en bekant gata. Där livet lekte och en fingertopp kände efter om en favoritpunkt fanns kvar i en kärleks hand. Ett skyltfönster som agerade ofrivillig spegel till den nyfödda romansen. En gatlykta, nyligen monterad, dock redan vittne till stadens vackraste par. Vid gatans slut svänger chauffören av. Taxan är högre än banksaldot. Doften lever kvar, bosätter sig i näsborren. Där stannar den och vandrar vidare någon gång när natten blivit morgon, när morgon blivit dag. När det sker vet ingen, inte minst hjälten med omvägar kring hjärtat.

Hösten gav käftsmäll efter käftsmäll mot det som var åtrå, passion och längtan. En diffus dimma framför varenda beslut, varenda tanke. Du valde en annan stad, en annan framtid. Du valde bort min kärlek och jag blundade för smärtan. Dagen innan min sista resa till staden där du bodde, pratade jag med natten och fick svar av månen. Hon ville inte längre höra mina önskningar om kärlek gå till spillo. Kärleken behövde få leva i min utslitna kropp, dimman måste försvinna framför alla beslut. Det var dags att ta farväl, dags att höra mina skratt eka under nätterna som tillbringades under gatlyktorna. Inga fler tårar. Månen berättade det för mig. Om ett par dagar försvann kärlek ur mitt liv för exakt ett år sedan. För ett år sedan viskade månen om att det var dags att ta tillbaka hjärtat.

Förgiftad

Mer en ryktesspridning än ett faktum som gick att smaka på. Det var en illusion som förflutna röster berättat och som tagits för självupplevda vanföreställningar. I historierna kunde detaljerna inte nå in mer än att deras fakta var individuella idéer. Tills den dagen när uppvaknandet kom med besked. Slet upp en borg som var skyddad av livvakter runt vartenda hörn. Plötsligt fanns inte längre några väggar att luta ryggen mot eller kullerstenar att räkna till det antal som alltid funnits där. I rösterna som berättat dessa historier, fanns nu konkreta bevis kring det som borde varit en oas dit inga nycklar gick att nyttja. Omvärlden hade blivit till en öken utan hägring på mindre än ett dygn. Tågresor blev till transsibiriska järnvägar som aldrig nådde fram. Musiken som spelades i de äldre högtalarna sa exakt det som redan sagts i flera år, men orden stannade intill bröstet. De frågade om allting var i sin ordning. Välviljan fanns där men borgen utan livvakter kunde inte förmå sig att ge ett värdigt svar. Självupplevda vanföreställningar var nu verkliga problem och verktygen för att nå lösningar fanns gömda på hemlig ort. Giftet på tungor smakade sött och fylldes av falsk närhet. En träff efter en annan, men aldrig en fullträff. Gift i mängder, smakade salt och beskt. Ett annat av kärlek som ville stanna. En kärlek som aldrig lovade någonting. Tågresor tog till sist slut och tilläts vara en väg tillbaka. Perrongerna blev åter till det hem som de i själva verket var. De hem som de alltid varit men som förlorats på vägen. Borgen anställde snart livvakter igen, men genom en process som skapade förtroende. Där löften var löften, ett skydd mot giftet som ville ont.

Skrev på mitt favoritcafé och gjorde allt för att komma vidare, och mitt i en mening stannade ett par skor till i ögonvrån. Det var dina, som du fick i början av vår tid. Släppte pennan och mötte din blick. Ögon som jag en gång drunknade i varje gång. Du tilltalade mig som en främling, och undrade hur jag kunde publicera en bok om våra år ihop. Innan du försvann i ingången till mitt favoritcafé, och återigen försvann ur mitt liv, fattade jag pennan och skrev ett förstadie till en text. Mina ord räddade mig där och då, för du kommer aldrig förstå hur smärtan fyllde mitt hjärta en gång i tiden av att sluta älska dig. Min bok om våra år bär på de känslorna än idag, även om mina egna känslor står starka.

Sjuk

Gåva gavs bort utan eftertanke, en naturlig gest trots att den var storslagen. Ytterligare sak, ytterligare anledning att svälja stolthet. Bland det som gavs ville känslorna slå rot. Inte som en orkidés enkla rötter, mer som palmens hårda stöd. Fast i oceanens stämmor, vågornas bäste vän. Gåva gavs och stjärnorna förstod varenda dialekt och vartenda språk. Även de mest svårtydda uttryck gick att lyda, att förstå och till och med efterlikna. Sorg kröp sig närmre och till sist slöt sig densamma runt en famn som önskade att förbli öppen. Värmen växte tillbaka i samband med ett par nya ögon att stjärnskåda med. Innan dess kunde varken de mörkaste eller mest sofistikerade kikare urskilja och ge de vackraste stjärnorna rättvisa. Gåva monterades upp på väggar, placerades under bäddmadrasser. Fick en egen låda eller slängdes bort. Viss tid lades på egen tid, egen sång, egen text och eget liv. Välsmorda löften lämnade samma mun. Allting var gåvor värda ett högre öde. Nu bosatta i en glömska som besitter längre tid att glömmas bort än arkiverade papper i forna Sovjetunionen. Rötterna hos palmträdet vill växa sig starka, och ges nu tiden att ta emot vågorna som ens nära vänner. Välvilliga men ibland onda. I blandningen av sött och salt kan bara en stam stadig som få andra hantera anstormningar. Språk och dialekter fann sina platser i pusslet som innan sjukdom låg utspritt. Händer fick dem att hitta rätt. Rötter, stammar, händer, vindar, uttryck och röster. Samtliga skapade en cocktail där gåvan blev annan. Varken på väggar, i böcker eller på konventionella platser finns den. Inombords bor gåvan nu. Och stannar där.

En kyss på pannan innan mitt täcke slöt sig runt din kropp, alarmet stängdes av och dagen tog sin början. Hallens kyla vann över min gestalt, morgonen hade själv inte vaknat. Åt min frukost i tystnad, och lät dina andetag addera ljud till trafiken utanför fönstret. Knäböjde vid sängens kant och kysste dig en gång till och motvilligt öppnades ytterdörren. "Älskar dig, vi ses sen", månens sken mötte mig på innergården innan solen vaknat på riktigt. Om ett par timmar var jag snart hemma igen.

Outbildad

Harklar sig och beger sig mot domedagen, beredd på mobben. Hennes armar hänger och armbågsleden är som stelopererad. Ser ut som en fattig nötknäppare under sin odyssé mot scenen. Orden som färgar pappret i en enkel nyans, bär på budskap utanför mobbens kunskaper eller förhoppningar. Vad som ska sägas kommer väcka nya tankebanor. En okunnig förare kommer inte kunna hantera den nya rutten, den nya informationen. Experter kan dessa fakta utan och innan. Vår experts armar vaggar sakta, armbågar fortsatt stela. Handen är tyngd av dokumenten och vridmomenten är i stunden inte möjliga att räkna ut. Experten och superhjälten, fylld av nervositet kring ämnet, vet vad som sker. Håller ännu ämnet för sig själv. Taktik som får en mobb att stanna till. Känna sig på liknande nivå. Dock byggt på en välskriven lögn. Scenen är målet, framförandet en musikal som förändrar allt. Makten i dokumenten ger svindel, när den upphöjda scenen blir till utgångspunkt istället för måltavla. En melodi har spelats inför framträdandet och under vår hjältinnas resa. Petar på mikrofonen. Ingen respons. Inget ljud. Tredje vända och rundgång. Mobben tystnar i etapper och vissa ansikten hånler när den sista harklingen studsar mot strupens väggar. Cylinderformade. Rösten sprider sin ljuvliga och faktabaserade stämma över lokalens publik. Nu skapas inga ljud från varken personal eller mobben som kommit att bli uppmärksam. Dokumentens nyanser studsar från strupe, till väggar och ut i korridorer. Öronen välsignar orden och i tillåtelsen att bli frälsta blir respekten en annan. Den blir slutgiltig.

Innan känslorna släppte taget, innan jag blev fri igen, lät min kropp som ett ostämt piano. Varenda rörelse, varenda led skapade friktion och i ljudet som skapades hördes längtan efter dig. När kudden rättades till innan sömnen fann mig om kvällarna, svarade mina axlar de sårade känslorna. "Hon är borta nu, det blir aldrig ni, din kärlek var förgäves". I drömmarna höll jag din hand igen, kände din rygg mot mitt bröst, ditt ben vilandes över mitt. Ingen friktion fanns, men i morgonen hördes den igen, när vattnet skulle fyllas på i badrummet. Då hörde jag fortfarande din röst.

Manlighet

Präglar ett liv som inget annat. Om det vill eller inte, finns en förväntan där. Acceptabel att förkasta, ämne för kontinuerlig satir och ett sätt att bryta barriärer. Kvittot som skrivs ut är annat än sakerna som verbalt förmedlas. Ingen tänker mer på detta och vill inte kännas vid det som inte blev av. Och allting fortsätter, utan konstruktiva samtal. En hjälpande hand tar år att nå ut till, vilket är en formel som funkar. Trodde de som slaviskt följt orden. Sedan barnsben. Samma ben formades utefter daterade instruktioner. Samtidigt ges lovord kring desamma anvisningar, även när de uppenbarligen svikit den majoritet som följer dem. Minoriteten lever i de guldfärgade årens sken, väljer att hylla i överflöd och leder i sin tur vägen mot känslomässig undergång. Klappar på bröstryggar och basala omtankars yttringar. Ingenting som når in på det vis som är nödvändigt, bedövar samma person som kräver nya projekt. Nya mönster och vägar får inget gehör, begravs på samma kyrkogård, stereotypiska planering som till sist blir en bortglömd plats intill en motorväg. Vältrafikerad. Bilister formade av samma tvivel och hopp om att behöva känna. Strategi att leva för, strategi att begrava ansiktet inom. Som barndomens kudde. Men om verktygen ges till ett fint liv kommer svaret förbli detsamma som genom generationer innan. Svaret går att förstå. Samtidigt är det ett otydligt medel mot ett tydligt bekymmer. Om vägen passerar stereotyper och väljer att svänga av vid en av avfarterna, då kanske vi till sist vinner. Men bara kanske.

*Tyska diftongerna låg täta i lägenheten i Friedrichshain
hösten 2015. Min första samling texter var snart färdig.
Uppe i loftsängen höll jag ibland en ny du intill, men
finaste stunderna var när ungdomen och evigheten
vilade i famnen och sömnen var den tryggaste punkten.*

Förmögenhet

De dyra plaggen hänger i garderoben utan en själ att fånga. Varje plagg samlar damm mer effektivt än en dammvippa. Om de skänker glädje, är den till för en annan att ta del av. Dörren till plaggens hemvist har förblivit stängd i ett par veckor. En tröja köpt i Hamburg täcker överkroppen, ett par byxor från en secondhand i Williamsburg skryter med sin närvaro. Varenda steg känns i byxbenen. Oavsett regn, solsken eller snö, har de följt benen som insett vad som egentligen är värdigt. Plagg i garderoben med olika designetiketter ger ingen kärlek. Vid enstaka möten med tomt innehåll kan de agera förkläde. Om inte möten sker, faller i samma stund deras värde. De två tygstycken som får följa med på resan är och kommer fortsätta vara det nödvändiga. Allting annat är en lögn för en nyvaken skepnad. Rikedomen antogs infinna sig i de yttre förmågorna, det stimuli som ryktades beröra djupt. Svaren ur rykten blev meningsbyggnader utanför kompetensen. Med en diskrepans av högsta möjliga, skedde ingen förändring. Rikedomen föddes ur ett frö som aldrig vattnades ordentligt. En annan växt skänktes näring och vatten i riklig mängd. Forcerades in i överambitionen där den till sist somnade in. Rikedomar blev tvillingars förtjänst, en av Bergmans lakejer och en vän från förr. Plaggen fortsätter samla damm i det som är en långdragen hämnd gentemot vad som ansågs vara svaret på icke ställda frågor. Dammet vilar innanför den fortsatt stängda dörren och kommer förpassas till ödet en lång tid. Diskrepansen blev av högre sort och sänks i varje andetag. I varje dröm bor en ny början dit ett förflutet är växten som fick somna in utan notis.

Går alltid vilse i ditt hår som ligger tätt mot mitt ansikte när sömnen tar en paus och väcker mig. Försvinner alltid bort till en värld, vår egen, när dina ögon möter mina i ett folkhav. Hör endast en stämma i världens många oljud när dina läppar och din tunga formar om vokaler och konsonanter till mitt namn.

Konservativ

Om det fanns en möjlighet att förklara, blev den kvarglömd på samma plats. Om plasten var ämnad för ett säkrare öde, borde chansen redan ha getts. Barriären fanns där, redo att brytas ner, ett nödvändigt ont för en framtid. I stämmor levde ett hopp, vinkade från rummens alla hörn. Vinkade och vinkade. Ögonen och munnar fokuserade på problemen, även om lösningar och kompromisser levde till fullo. En diskussion dröjde kvar orimligt lång tid. Evigt sår där meningar blev till oklara sanningar, formade passion till tvång. Ämnen som togs upp kunde inte vara längre från det essentiella, dock blev det karaktären dit historierna gick utan inträdesbiljetter. När den mäktigaste tonen sjöngs ut med sarkasm riktad mot de godhjärtade, blev blickar riktade nedåt och tilläts förpassas till ett av alla hörn. Den mäktiga rösten valde att höras mer än att göra sig förstådd. En av de godhjärtade hämtade till sist mod i den förutbestämda jargongen. Mäktigt mot godhjärtat. Styrka mot naiv. Självklart nederlag för uppstudsaren, men i detta fall undantag.

Förklaringen blev inte kvarglömd denna gång.

Segrarna kom att visa sig bli de med blicken riktad nedåt. Hoppet tog plats i mitten av rummet, det var inte längre en idé bland de som såg på att tillåta det ständiga förfarandet att ligga som en blöt filt över ett utmattat rum. Den mäktiga stämman fick se sig besegrad utan att nås av vare sig en förklaring eller minsta lilla andrum. Lösningen fanns inte i något av alla sinnen innan segern kom. När de godhjärtade valde att se sig själva, blev det äntligen frid. Och i och med friden kunde samtalen fortsätta i en vänlig ton. En ton av respekt och förståelse.

Har älskat två individer villkorslöst i mitt liv. Bägge var i slutändan förgäves. Har vandrat i mitt eget jag och försökt se vad som blev fel, varför mina känslor och min kärlek valdes bort för karriärer. Har under dessa vandringar inte hittat mer än att det kan bli för mycket av det goda, att kyssar på pannan varje morgon oavsett humör blir en trist vana, att en måltid som står redo efter arbetet anses vara smaklös, att dikterna som skrivs till personen blir fartblinda hyllningar som inte längre betyder något när de plockas upp ur matlådans väska. Vet att äkta kärlek kan bli en chock, vi accepterar den kärlek som vi upplever oss själva vara förtjänta utav. Saken är den att vi förtjänar betydligt mer kärlek än så, och i mina försök att älska faller jag på mållinjen, det blir för mycket omtanke. En självupplevd skuld växer hos mottagaren och snart är mitt hjärta lämnat på en plats där det ropar sin älskades namn. Ett par öron som inte längre hör. Kvar lämnas armarna att plocka upp vad som blev kvar av ytterligare ett försök. De är dock starka, de lyfter upp del för del. Kraften kommer från att hjärtat vågade älska på en ny nivå, kraften växer eftersom nästa gång, ja, då kanske hon som kommer äntligen stannar.

Pånyttfödelse

Dansande andetag från park till klubb. Stegen bar på glädje, och gör det än idag. Vänners närvaro, de som inte fanns när allting verkade ouppnåeligt. En tanke kring personen utan ansträngning. Fråga om att delta när ensamheten antogs bli framtid. Vänners undran för att inte gillra samma fälla ännu en gång. Att med kraft neka en ny romans utan att vara säker på att vara fullständigt hel. Uppmuntran kring att förbli den som varit innan med alla positiva förmågor, trots nedtramp. Att bli hörd när bilden av uppmärksamhet blivit skev av det tomma som kom innan och skapade en självupplevd tragik. Uppbyggd åter av komikens kulisser och med ingredienser med bästa leverantör bakomliggandes. Dansande andetag från klubb ut på asfalt in i gryning. Stegen bär på kärlek och vänskap. I samma steg flyger all sorg bort i samband med nästa köade låt. Det intellektuella ansågs ha uppnåtts. Inte skulle andra kunna påverka ännu en period av ett redan vackert tillstånd. En glädje över att ha varit fel ute utan en minsta egen föraning. Enstaka människor påstår att fallen behövs för att resa skepnad upp från backen. För att kunna se allting klart. Somliga väljer det förflutna som sin eviga canvas. Billigt bomullsmaterial istället för kvalitét i butiken mittemot. De enstaka är på väg i rätt riktning och kan skatta sig själva lyckliga, eller minst tillfreds. Facit visar att ingenting blir vackrare genom att hoppas på återkomster som bör förbli avsked. Känslor som går och sen återvänder försvann aldrig. De känslor som gick i denna historia gick för att somna in. De dansande andetagen skulle förblivit enkla steg om vänners närvaro kvävdes. I frånvaro av onödig ansträngning andas lungor ut och tar in ny luft på en filt mitt i parken. Luften smakar sött i rätt vänners omgivning.

En sista dialog i en värld som skulle existera i all evighet. En dialog som inte förtjänade att utspelas efter att ha gett livet rakt ut. Bubblorna i konversationen som utspelades på mobilskärmen sårade mer än vad som upplevdes i stunden. De skar djupt i mitt hjärta och ärret har precis stelnat för någon annan att värna om. Du är alltid inräknad i din älskades framtid, annars kan det enbart beskrivas som en serenad skriven att sjungas för en annan själs skepnad.

Förtroende

Sista meningar med löften om förlåtelser och personlig frälsning. Utanför staden blir förmiddagen till en heldagsutflykt. Vid ett av stadens torg sker nya kyssar och nya drömmar föds i samma minut. Vid gamla platser som blev till förflutnas byggstenar, skapas de minnen som egentligen borde ha lovordats. På en balkong vid en hängmatta av arkitektoniska mått tar vinflaska efter vinflaska slut. Innehållet talar ett språk, ångesten dagen efter ett annat. Känslorna får leka fritt igen efter att ha ansetts vara pretentiösa utspel utan mening. Eller icke hanterbara. Framför en LP-spelare påminns individer om det enkla i vardagen, med stora ögon observerar pupiller de nya intrycken. I realtid blir allting vackrare. I motgångarna kommer nostalgin, gammal, säger vänliga ord om att sträcka ut en hand. Styrkan att hålla tillbaka sin egen och invänta en vänlig hälsning som aldrig kommer att ske. Hälsningen finns i ryggraden hos den som blev lämnad. Ett nummer raderas och glöms bort. Bara när ägaren ringer för att inte vara en del av det kreativa kan glömskan ordentligt segra. Utanför staden, mot hemstad, passeras en förstad där kärlek bodde. En oändlig eld som kvävdes. Ur askan reste sig fågeln och fann samma närhet som passerar i grupp. En blick till en annan. Skämtsamt om ett förflutet sker meningsutbytet. Och ingenting når in. Innehållet på en balkong lever sitt eget liv. Bortanför hamninloppets sköra horisont. Framför en LP-spelare växer kärleken till en själv i samband med kreativa inbjudningar. I orden och färgen grön kan allting som tidigare varit instängt, andas ut med enkla rörelser. I färgen grön skapas nya fantasier, nytt liv och ett efterlängtat hopp om att bli älskad.

Det är skillnad på att vilja vara ensam och känna sig ensam. En av de större uppgifterna har alltid varit att få medmänniskor att känna sig sedda, men också låta de vara ensamma om det är deras önskan. Innan dagen är slut måste dock ett faktum existera, och detta är att tacka för mina närmstas närvaro. Att förklara att min stolthet sträcker sig ut i atmosfären, att de aldrig är ensamma i denna värld när min hand finns att fånga dem. Oavsett om det är partner, vänner eller familj. Vi har ett liv, och i detta är vi aldrig ensamma om vi vågar fråga om en stunds äkta närhet.

Efterord

Om denna bok når dig, vet du mycket väl vad som blev av året 2020. En tid av avstånd och moraliska regler som vissa följde till punkt och pricka, andra inte alls. Resandet blev förpassat till inrikes, och även då med stränga restriktioner. I samma tidsperiod läkte ett inre fortsatt trots att det önskade motsatsen. Nätterna var många där sömnen stannade upp och filosofin tog vid. Idéer dök upp för att bli verkliga. Hoppet gick bet och kreativiteten tog skada. I detta tillstånd blev förhoppningar till strävan. I detta år av att önska frihet, vann vänskaper.

I maj 2020, vad som var ett enkelt umgänge hos en gemensam vän, påbörjades vänskap som nu, in i 2021, skapar en känsla av omtanke och kärlek. Stimuli som saknats sedan år tillbaka. Ett tvillingpar och en gemensam vän. Från hjärtekross till att finna en vänskap som visar att det som varit enbart var en lång lektion i att inse sitt eget värde. 2020 visade, bortsett från en pandemi, att äkta band växer snabbt och stannar ihopsatta om de tillåts vara genuina. Att vara komplett läkt efter att ha fått hjärtat itu delat, är inte en verklighet som strävas efter längre. De sår som blev, skapar i varje andetag ny kreativitet och slutar inte att kontinuerligt imponera. Livet blev ett annat, världen försattes i chock och känslorna började förstå vad de borde ha vetat långt innan. Och tacksamheten till tvillingarna, vänner och familjen är elden som brinner stark för all framtid.

Tankarna om färgen grön är en bok om att tacka för det fina och för det fula. Det är en bok om att gå vidare från kärlek. Boken är hyllningen som behövdes för den fortsatta strävan att vilja göra livet vackrare för dem i min egen närhet. Tacksamhet vill riktas dit den bör, därför följer nu specifika tack. Tack till mig själv som trodde på lösningar andra förkastade. Tack till Kim och Casper, mina älskade bröder. Tack till Philip, min förebild. Tack till mamma och Tobbe, min familj i norr. Tack till pappa och Lotta, min familj i huvudstaden. Tack till August för all förståelse genom åren, du är ovärderlig. Slutligen, tack till Tor, Olof, Oscar och Fredrik. Mitt SHK Basket. Ni fick mig att tro på livets vackra sidor igen. Träffen i maj 2020 var starten på mitt nya liv.

Victor Sköld, Göteborg 2021